혼자인 건
좋지만
외로운 건
싫어

혼자인 건
좋지만
외로운 건
싫어

펴 낸 날 2024년 2월 13일 초판 1쇄

지 은 이 황솔아
펴 낸 이 박지민
책임편집 김정웅
책임미술 롬디
마 케 팅 박종천, 박지환

펴 낸 곳 모모북스
서울특별시 동대문구 왕산로81, 203-1호(두산베어스 타워)
전화 010-5297-8303 팩스 02-6013-8303
등록번호 2019년 03월 21일 제2019-000010호
e-mail pj1419@naver.com

ISBN 979-11-90408-50-9 03810

타인이 아닌 '나만의 속도'로 나아가는,
인생이라는 여행의 즐거움

혼자인 건 좋지만 외로운 건 싫어

황솔아 지음

모모북스

프롤로그

고1 여름날이었다.

친구들 3명과 하교하던 그날은 내 기억 속에 초록색과 노란색이 예쁘게 섞인 청량하면서도 굉장히 뜨거운 날이었다. 학교 앞 떡볶이를 먹으러 가던 길이었다. 시답지 않은 농담을 하며 교문을 나서던 그때, 갑자기 소나기가 쏟아졌다. 주변에 비를 피할 건물도 없었다. 고스란히 온몸으로 맞을 수밖에 없던 시원하게 내리는 소낙비였다.

처음 한두 방울 떨어지는 비에 얼떨떨하게 하늘을 보다가 이내 마구 쏟아지는 굵은 빗속에서 우리는 신나게 뛰었다. '우리'라는 이름으로 함께 비를 맞는 그 순간, 나 혼자 맞는 것이 아닌 그 시간이 그저 좋았다. 그 시간 내내 우리의 웃음은 끊이지 않았다. 비를 맞으면서도 즐거웠던 날은 그날이 유일했다.

5분간의 재미있는 깜짝 이벤트가 끝나고 소나기로 인해 후덥지근한 뜨거운 열기가 거리에 가득했다. 젖은 옷은 찝찝했고 공기는 더 답답해졌다. 다만, 그 시간을 아무렇지 않은 듯 참으며 뜨거운 햇빛 아래 돌아다니다 보니 얇은 여름 교복은 금방 말랐다.

천진난만한 10대의 짧고 귀여운 방황 뒤에 보상 받듯이 자유를 만끽할 수 있는 20대가 시작될 줄 알았다. 하지만, 20대의 시작은 소나기처럼 어느 날 갑자기 불쑥 다가왔다. 20대의 관계 역시 10대와 크게 달라진 것이 없었다.

20대, 안락한 자유의 끝이자 온전하게 혼자 헤쳐 나가야 하는 선택이 자유로운 나. 소낙비를 맞았던 그 짧은 시간처럼 스무 살의 설렘은 금방 사라졌고, 후덥지근한 찜통 같은 진짜 어른의 시간이 시작되었다. 어른만이 가질 수 있을 거라 생각했던 달콤한 '자유'라는 사탕발림에 가려진 20대는 어느 날 갑자기 그렇게 시작되었다, 제대로 된 각오도 하지 못한 채. 부모님 울타리 안에서 자유롭던 10대의 나는 사라지고, 책임이라는 유리에 갇힌 진짜 어른이 된 것이다.

"돌이켜 보면 다 추억이야. 시간이 약이야. 다들 그렇게 살아."

너무나도 쉽게 하는 말은 너무 힘든 나에게 전혀 위로가 되지 않았다. 돌아보면 다 추억일 수도 있지만 그 순간을 살아내는 동안은 쓰디쓴 약을 삼키는 듯하다. 누군가에겐 지극히 평범하고 순탄한 삶을 살고 있는 것으로 보였을지 모르지만 내가 돌아본 나의 38살 인생은 그리 평탄하지 않았다. 그 시간이 추억이라는 이름으로 바뀔 때까지 뜨겁게 아팠고, 치열하게 견뎌냈다. 여전히 그때의 상흔들을 애써 감추며, 아무렇지 않은 척 살아내고 있다. 살아야 하기에. 그럼에도 세상은 굴러가기에.

누군가의 위로를 간절히 받고 싶었지만, 그 위로조차 부담스러워 한두 권씩 읽으며 쌓아둔 책장 가득한 책들은 타인과의 관계 속에서 느꼈던 수많은 감정과 불안에 대한 책들이다. 그 책들을 읽으며 어떻게든 혼자 해결해 보려고 했던 그때의 감정은 뒤늦은 사춘기였다.

혼자인 게 좋지만 사실은 절실히 함께하고 싶어서 혼자이고 싶은 나. 그렇지만 외로운 건 싫은 그런 내가 20년 동안 노력했고, 마흔이 되도록 여전히 노력하고 있는 이야기를 해 보려 한다.

38살, 평범한 날을 보내며

목차

2장

사랑이 아파 혼자이고 싶은 날들

3장

나는 까칠하게 살기로 했다

4장

여행이 내게 주는 선물

5장

휘둘리지 말고 휘두르지 말고

Be my self

1장

1

무례함에 상처받은 나에게

몇 년 전, 〈인생술집〉이라는 TV 예능 프로그램이 생각난다. 신동엽, 김희철, 유세윤 등이 진행자로 나왔다. 이들은 게스트를 곤혹게 하는 마라 맛 진행으로 시청자들에게 웃음을 주기로 유명하다.

이 중 남궁민 배우와 이시언 배우가 출연한 부분이 가장 기억에 남는다. 늘 그렇듯이 김희철은 게스트를 당황시키기 위해 독한 말들을 준비하고 있었다. 그런데 그날따라 무슨 일인지 진행 내내 남궁민에게 쩔쩔매며 진행을 제대로 하지 못했다. 남궁민은 솔직한 발언을 서슴없이 내뱉었는데 이시언은 그런 남궁민의 발언을 걱정했다. 김희철은 이시언의 긴장을 풀어준다는 목적으로 사생활에 대해 다소 과장된 불편한 질문을 던졌다. 이때 김희철에게 보인 남궁민의 반응은 놀라웠다.

"그게 재미없다고 하는 거야 내가. 희철아 나는 솔직히 초면에 말 놔서 미안한데 이런 식의 토크는 없어져야 한다고 생각해."

이어 남궁민은 "우리나라도 분명히 리얼리티를 지향하는 때가 오면 이 프로그램 말고 진짜 편하게 얘기를 나누는 프로그램이 있을 거다."라며 김희철을 민망하게 만들었다.

이에 김희철은 "남궁민 형은 진짜 나랑 안 맞아."라고 말했고, 남궁민은 "넌 나를 싫어하지만 난 너 좋아."라며 카메라 없는 자리에서 김희철의 예의 바름을 칭찬하며 김희철의 앞날을 위해 정성껏 디스하고, 꼰대를 인정했다. 이때, 역으로 당한 김희철의 당혹스러운 표정이 고스란히 카메라에 담겼다. 이 회차는 지금도 '남궁민 김희철'을 검색하면 '위키트리'에 나올 정도로 유명하다.

몇 년 후 남궁민의 결혼식에 하객으로 참석한 김희철의 사진이 기사로 나오게 되었는데, 그 모습을 본 사람들은 둘의 관계에 대해 의아해하며 놀랐다. 아마도 그 프로그램에서 김희철의 진행 방식을 안 좋게 평가했던 남궁민이 실제로 김희철을 불편해하고 싫어했을 거라 생각한 데서 온 놀람이었을 것이다. 나도 그 영상을 보면서 남궁민도 대단하지만 김희철은 타격 좀 받았겠다 생각했다. 보는 나조차도 얼얼했을 정도였으니 말이다. 궁금증에 좀 더 찾아보니 사석에서 함께 식사하는 사진을 SNS에 올린 모습이 기사화된 적도 있었다.

남궁민은 김희철의 무례함에 날을 바짝 세우며 말하지 않았다. 그의 사이다 같은 멘트들도 놀랐지만, 내가 정말 놀랐던 부분은 그의 애티튜드attitude였다. 밝은 표정으로 여유롭게 웃으며, 상대의 무례함을 콕콕 꼬집으며 말했다. 절대 기분 나쁘지 않게, 그러면서 핵심은 정확히 전달하는 어투였다. 그런 반면 카메라가 없는 자리에서 김희철의 예의 바름을 칭찬하는 그의 모습에서 진짜 '된 사람'이라는 것을 느꼈다.

상대방의 잘못이 무엇인지 스스로 비교하며 깨닫게 해주는 모습은 정말 배워야 할 부분이라고 생각한다. 기분이 언

짧을 수도 있었던 분위기를 자연스럽게 풀어주는 가벼운 농담을 보며 그의 아우라에서 품어져 나오는 기품에 완전 반해버렸다. 정말 멋있었다. 말 그대로 기존쎄(기가 ㅈ나게 센)였다.

나는 무례한 사람 앞에서 자신감 넘치게 받아친 적이 있었나? 지금 생각해보니 미처 반응하지 못하는 사이에 자연스럽게 나는 을이 되어 무례한 사람들이 무심코 했던 말에 상처를 받고 오랫동안 스스로를 그들의 기준에 맞춰 통제했었다.

1. 스커트를 입고 학교 축제를 갔던 날 여자 선배의 "너는 치마 입으면 안 되겠다."라는 말
2. 실습과제를 도와 달라던 입학 동기의 "아, 차라리 내가 하는 게 더 나았겠다."라는 말
3. 졸업 동기였던 복학생의 농담을 위장한 면박 "어디 오빠라 그래. 선배라 불러!!"

이들의 말은 24살이 되도록 나는 스커트를 입으면 안 되는 사람으로 스스로 차단하게 만들었고, 졸업하는 내내 나를 불편하게 한 예의 없는 복학생을 피해 다니게 했으며, 실습

과제에 대한 내 능력을 의심하게 만들었다. 그들의 말에 상처받으며, 그들이 잘못했다고만 생각했다. 하지만 진짜 잘못은 그들이 아니었다. 바로 내 태도가 그렇게 만든 것이었다.

그 당시 나는 아무 말도 할 수 없었다. 여럿이 같이 있는 장소에서 짓궂은 농담에 굳어진 얼굴로 정색하면 나로 인해 어색한 분위기가 될 수도 있다 생각했다. 최대한 웃으며 아무렇지 않은 척, 괜찮은 척 부당함 속에서 스스로를 타이르며 억눌렀다. 나 스스로 나를 그렇게 대해도 되는 아이로 만들어 버리면서 내 속은 다 썩어갔다.

남들의 반응으로 올랐다 떨어졌다 했던 20대의 자존감. 남들의 예의 없는 평가에 제대로 대응하지 못하던 그때의 상처를 키운 것은 어찌 보면 내가 아니었을까?

남이 못 봐주면 뭐 어떤가? "제가 입고 싶어 입는 옷이라서요. 조언 감사합니다." 웃으며 대답하고, 선배라 불러주길 원하면 "예예 선배님. 저보다 어른이신데 그렇게 해드릴게요." 하며 굽신굽신 과장된 액션으로 맞받아쳐주고, 기껏 시간 내서 과제 도와줬더니 고마워하기는커녕 못되고 고약하게 구는 그 녀석(사실 그 새끼라고 하고 싶다.)에게는 "너는 참, 고마워할 줄 모르는구나." 하며 정색하며 당당한 모습을 보여줄 수도 있었을 것이다.

이미 지나갔으니 쉽게 말하는 것일 수도 있다. 맞다. 지나간 후회 같은 거다. '그때 나는 지금처럼 왜 당당하지 못했을까?' 하는 후회다. 물론, 지금도 예의 없는 사람들의 말에 놀라 가끔은 얼빠진 사람처럼 있는다. 다른 것이 있다면 곱씹어 보지 않는다는 것. 당시 타격은 받았지만 사석에서 재회할 수 있었던 남궁민과 김희철처럼 나도 가벼운 그들의 말에 가볍게 반응하면 될 일이었다.

지금 생각해 보면 이름도 가물가물한 그들은 내 38살 인생에서 아주 잠깐 스치는 사람들이었다. 여태껏 안부를 물으며 연락하는 사이도 아니다. 관계라는 여러 선들 중에 점 같은 사람들이었다. 그럼에도 나를 까맣게 잊었을 그들을 기억하고 그들에게 상처받아 흔들리던 나를 기억한다. 장난으로 던진 돌에 개구리는 맞아 죽는다. 혹시나 그때의 나처럼 무례한 농담이 취미인 사람들에게 상처받고 있다면 꼭 전해주고 싶은 말이 있다.

"배려는 지능이고 지능은 인성으로 나온다. 그 사람이 그런 말을 당신에게 한다는 것은 그 사람의 인성이 딱 그 정도라 그런 거다. 결코 당신이 감내해야 할 인내가 아니다."

그 사람 말에 일일이 반응하지 말고, 나는 나대로, 나답게 살면 된다. 혹시라도 나를 생각한다는 명목하에 이상한 말들을 한다면 외쳐주자. "반사!"라고.

그때의 나는 너무나도 약했다. 그들의 장난스러운 말에 자존감이 와르르 무너지기도 했지만, 지금의 나는 쉽게 무너지지 않는다. 이제는 남들의 시선보다 내 마음이 더 중요하다는 것을 알았기 때문이다. 수많은 관계 속에서 여러 번의 시행착오를 겪으며 나에게 상처 주었던 사람들에게 기품 있고 여유로운 attitude를 갖추고 대응하려 노력하고 있다. 당신도 그리하길. 나 스스로를 깎아내리지 않고 자신 있게 말할 수 있는 본인의 답을 구해보자.

오늘도 스쳐 가는 인연에 나의 평가를 맡기질 않길. 그들의 진행에 웃으며 끌려가질 않길.

2

나만의
속도로
나아간다

나의 첫 직장생활은 많은 사람들이 오가는 바쁜 거리 종로3가에서 시작되었다. 높은 빌딩과 고즈넉한 창덕궁 사이에 위치한 낙원상가 뒤편, 낡은 건물 3층에 있는 치과 기공소였다. 할아버지 소장님과 5, 60대가량의 베테랑 기사님들, 그리고 나처럼 이제 막 기공사가 된 사람들이 함께 일하는 곳이었다.

그 안에서 다행히도 마음 맞는 사람들을 만날 수 있었다.

나보다 먼저 입사한 1년 선배 언니와 1년 후배 오빠(군대 다녀와서 나보다 나이는 많은)였다. 대학 시절 서로 안면만 겨우 있었던 사이였는데 이 안에서 만나 원래 알았던 사이처럼 금방 친해질 수 있었다.

나이도 성별도 다른 우리였다. 고향도 다르고 성향도, 종교도 달랐지만 셋이 모이면 그저 즐거웠다. 점심시간이면 인사동으로 산책을 가기도 하고, 근처 종로로 나가 큰 서점에서 책을 보다 돌아왔다. 고등학교 때처럼 시끄럽게 떠들다가도 나랏일에 관심을 가져야 한다며 촛불 들고 여기저기 참여하며 함께 웃고 기도했다. 내가 나로서 꾸밈없이 만날 수 있었고, 오롯이 나로서 존재할 수 있었다. 나에게 건강한 쉼을 주기도 했던 행복한 만남이었다.

이들과의 관계는 내가 어디서든 잘해 낼 수 있을 거라는 용기를 주었고, 곧 안락했던 동료들을 떠나 독립하겠다는 마음을 먹게 되었다. 그 이후 나에게 올 역경은 알지 못한 채 들뜬 마음으로 종로를 떠났다.

치과 기공사였던 내가 이직한 곳은 치과였다. 치과 기공

일이 밤을 새우거나 험한 경우가 많아서 여자 기공사들이 치과로 전업하는 경우가 많다. 늘 기공 일만 하다 치과 일을 새롭게 배우려니 설렘과 함께 두려움도 있었다. 하지만 기공소보다 출퇴근 시간이 규칙적이고 주말과 휴일은 쉬고, 주5일이 철저히 지켜지는 복지가 훌륭한 곳이었기에 망설임 없이 선택했다.

워낙 밝고 재미있게 말을 하는 성격상 내 주변에는 사람이 많아졌고, 손재주가 있어 스킬을 배우는 속도도 빨랐다. 그러다 보니 원장님께 칭찬받는 날도 자주 있었다. 그게 문제였을까? 어느 순간부터 엄청난 시기 질투를 선배들에게 받게 되었다. 특별히 이해받으려 애쓰지 않아도 나를 이해해주고 아껴주던 첫 사회생활에서 만난 사람들이 신기루처럼 사라지고, 허허벌판에 혼자 남은 나무처럼 점점 외로워졌다. 나는 더 나은 환경을 찾아 이직을 했는데 그 전보다 더 척박하고 힘들어졌다. 그 힘듦은 혼자를 즐기던 나를 어느 순간부터 혼자가 되는 게 두려워지게 만들었다.

혼자 영화를 보는 것도, 걸어 다니는 것도, 큰 서점에 가서 책을 읽는 것도 모두 다 두려움이 되어버렸다. 나는 무엇이 두려워 그렇게 좋아하던 혼자가 되는 것을 피하려고 발버둥 쳤을까? 두려움은 자존감마저 무너지게 만들었다.

결국, 같이 있으면 괴롭지만 '외롭지 않기' 위해 관계 속으로 들어갔다. 내가 있을 때는 잘해주지만 내가 없을 때는 안 좋은 험담을 하는 직장 선배, 내 앞에서 욕하는 무능하고 눈치 없는 선배가 되지 않으려 웃으며 잘해줘야 했던 직장 후배, 온전히 쉴 수 없던 신경질적이었던 집안 분위기 등. 그 모든 것이 나를 불안하게 만들다. 그 불안 속에서 노력하며 만나는 만남들은 나에게 행복한 만남일 리가 없었다. 기다리던 지인들에게 먼저 연락이 오지 않으면 섭섭했고, 나 혼자 왜 이러나 한숨이 푹 내쉬어졌다. 혹시나 어제 내가 없던 자리에서 무슨 말이 오가지는 않았을까 걱정도 됐다. 나는 어쩌다 이렇게 됐을까?

내가 11살 때 서울에서 경기도 양평, 시골로 멀리 이사를 가게 되었다. 한 학년에 11반까지 있었던 학교에서 2반이 겨우 있었던 곳으로 전학을 갔는데, 작은 곳이다 보니 서로 너무나도 친밀한 상태였다. 그도 그럴 것이 유치원 때부터 초등학교까지 모두 함께 다닌 불×친구였던 것이다. 그 사이에

'나'라는 이방인이 어느 날 나타난 것이다. 처음엔 호기심으로 말도 걸어주고 안내도 잘 해주었다. 서로 집에 오가기도 하고 그렇게 잘 지내게 된 듯했다.

그러다 3개월 뒤 시험을 보게 되었고, 서울에서 중간 정도 하던 실력이 여기서는 제일 공부 잘하는 아이가 되었다. 그림을 그리면 상도 몇 번 받게 되었다. 그즈음, 반 친구들 사이에서 베스트 & 워스트 투표를 했고, 내가 워스트 투표 1위가 되었다고 전해 들었다. 아이들의 눈빛이 그때부터 경계의 눈빛으로 바뀌기 시작했다. 내가 좋아했던 친구마저도 나를 워스트로 적었다는 말이 가장 속상했다. 하지만 학교에서는 울고 싶지 않아 울음을 가까스로 참고 집으로 돌아와 펑펑 울었다. 엄마의 이유를 묻는 말에 제대로 답하기 어려울 만큼 눈물 콧물 범벅으로 엎드려 울었다.

어렸기에 질투 어린 마음에 그랬을 텐데 그때는 그걸 몰랐다. 그저 나를 미워한다는 생각에 아프고 슬펐다. 그때의 상흔은 마음에 깊게 새겨져 흉터가 되어 소심한 10대 시절을 보내게 했다. 그리고 잠시 좋은 사람들이 있던 직장에 취업해 잊고 있었던 그때의 상처가 20대 중반에 일련의 사건으로 급부상하게 된 것이다. 초등학생처럼 펑펑 울어도 엄마가 해결해 줄 수 있는 상처가 아니었다. 그 상황을 벗어나야 했다. 더 이상 그때처럼 휘둘리고 싶지 않았다. 어떻게 하면 건강하게 벗어날 수 있을지 궁리하며 서서히 준비하고 행동하기 시작했다.

평화로운 끝을 위해 병원 내에서는 적당하게 조용히 지냈다. 내가 어찌할 수 없는 상황을 포기하니 싸우려던 열정도 없어지는 것 같았고, 그냥 내게 주어진 일만 열심히 했다. 퇴근 후에도 병원을 위해 홈페이지 작업을 하고 직원세미나 준비를 했었는데, 그런 업무에 관해서는 서서히 손을 떼고 진료실 스텝으로만 일을 하며 지냈다. 딱 그들만큼 넘치지 않게 일하는 모습이 만족스러웠던 것인지 선배들은 더 이상 나를 험담하지 않았다.

전쟁 같은 일과가 휴전을 맞게 되면서 빡빡하던 마음에 여유가 생기기 시작했다. 다시 책이 생각났다. 책을 골라보기 위해 큰 서점에 가서 혼자 한두 시간씩 책을 읽기도 했고, 혼자만의 사색을 즐기기 위해 주변 공원을 찾아 '멍'때리기도 했다. 이 시간은 오롯이 나에게 집중하는 시간이 되었다.

그리고 함께하면 즐겁고 마음이 힘들지 않는 사람들을 만났다. 나의 제스처와 눈빛을 조심하지 않아도 되고, 1년 만에 만나도 전혀 어색하지 않은 사람들을 만났다. 그 사람들에게 받는 말 없는 위로는 내가 혼자가 되어도 '외롭다'는 생각이 들지 않게 해주었다.

이 모든 것들은 나의 자존감을 서서히 올려주었다. 의식적으로 짓던 표정과 나도 모르게 내려가 있던 입꼬리가 그제야 서서히 다시 올라오게 되었다. 안심이 되었다. 나의 무표정이 다시 밝아질 수 있게 되었다. 이제, 새로운 곳에 가서도 자신감을 갖고 잘해 낼 수 있을 거라는 생각이 들었다. 누구에게나 처음 이직은 외롭기 마련이니까 난 외로움을 이겨낼 용기를 자존감과 함께 키워 낸 것이다.

함께하는 것이 괴로워 초등학생처럼 혼자 웅크리고 울고, 제자리에 멈춰만 있었다면 나는 아마도 15년 동안 사회생활을 꾸준히 할 수 없었을 것이다. 관계에 있어서 행복할 때도 있었고, 지칠 때도 아플 때도 있었지만 그때마다 혼자 생각을 정리하면서 천천히 나만의 속도로 나아갔다.

오늘도 나는 휘둘리지 않고 성장하기 위해 나만의 속도로 느리지만 분명하게 앞으로 천천히 나아간다.

3

프로 일잘러의 이미지 관리

윤정이는 내가 통영에서 일하며 사귄 동생이다. 치과위생사로 대전에서 10년 동안 일하다 나처럼 남편 따라 통영으로 왔다. 남들은 출세하러 강남 간다는데 역으로 통영으로 내려온 모습이 나와 비슷해서 더 친해졌다. 체구가 작고 통통 튀는 귀여운 구석이 있는 동생은 센스가 있어 굳이 말하지 않아도 뒤에서 살뜰히 챙겨준다. 때로는 동생 같고, 때로는 언니 같은 윤정이다. 지금은 서로 각자 다른 병원에서 일하고 있어 매일 안부를 묻는 사이는 아니지만 그날따라 소식이 궁금해져 오랜만에 핸드폰을 들어 연락을 했다.

“예 스앵님(선생님을 이렇게 발음하는 충청도 아이다.) 잘 지내셨나요?” 분명 전화는 내가 먼저 했는데 안부 묻는 말을 먼저 하는 독특한 화법에 나도 모르게 미소를 지었다. 이런저런 얘기를 하는데 윤정이가 사실 오늘 원장님 방에 불려갔다고 말을 꺼냈다. “월급도 많이 주고 있는데 저랑 손이 안 맞아서 불편하대요. 저 출근한 지 이제 3개월 됐는데 속상합니다.”

윤정이는 14년 차로 한 번도 쉼 없이 일해 나와 같은 연차이다. 개인 사업장인 치과에서 14년 차의 월급은 분명 부담이긴 했을 텐데 일할 사람이 부족했을 때는 잘해주시던 원장님이 비슷한 연차의 직원을 구한 뒤 저런 말을 했으니 윤정이의 기분이 썩 좋지는 않았을 것이다. 전해 들은 나조차도 약이 올랐으니 본인은 오죽했을까 싶다.

“그만둘까 싶습니다. 힘들어요.” 윤정이의 힘없는 말이었다. “그래도 윤정아 참아 봐.”라고 말해야 했지만 본인도 당장 그만두면 다른 곳에 금방 재취업이 어렵다는 것을 알고 있고, 정말 그만두려고 한 말은 아니라는 생각에 “그래 그만둬!"라고 말하며 장단을 맞춰주다 전화를 끊었다. 그 후 3일 정도 지났을 무렵 걱정이 되어 쉬는 날 윤정이 치과 근처 카페에서 출근하는 윤정이를 잠시 만났다. 예전만큼 밝은 얼굴은 아니었으나 그래도 나를 보고 환하게 웃는 아이였다.

"스앵님 웬일이에요! 아침에 마주치니 더 반가운데요? 여전히 얼굴이 좋으시군요!"

"오늘 쉬는 날이라 잠깐 얼굴 보려고 들렀지. 좀 어때? 괜찮아?"

"'괜찮아졌다.'라기보다는 그냥 다니고 있습니다."

"그래 윤정아 우리가 일하고 싶어 돈 벌겠니. 돈 벌고 싶어서 일하는 거지. 돈 주는 사람이 그 정도의 말은 할 수 있다 생각하고 너무 상처받지 말고 일하자."

윤정이의 눈이 동그랗게 되어 나를 쳐다보며 말했다.

"맞습니다. 돈 벌고 싶어서 일하는 거니까 원장님과 손 맞추려 노력하다 보면 되겠죠."

"그래. 그러다 보면 곧 잘되겠지! 오늘도 파이팅!"

커피 한잔 윤정이 손에 쥐여 주고 우리는 헤어졌다.

10년 차가 넘어가면 근로자는 고연차로 분류되고 사업주는 '고연차라면 당연히 이 정도는 하겠지.'라고 생각한다. 기대한 만큼 급여를 책정하고 그 기대를 고스란히 내비친다. 그럼 근로자는 어떨까? '내 연차 정도 되면 적어도 이 정도는 받아야 하는데.'라는 생각을 하면서 면접을 보게 된다. 문제는 각자의 기준이 다르다는 것이다. 사업주가 생각하는 '이 정도는 하겠지.'라는 기대가 어디까지인지는 다 다르다. 근로자도 자신의 능력이 괜찮다는 기준이 주관적이다. 각자 다른 기준을 책정한 상태에서 근무하게 되면 서로 기대했던 것만큼 제대로 일 처리가 되지 않거나, 삐거덕거리는 일이 반복되면 '아 내가 잘못 뽑았구나.', '아 내가 잘못 들어왔구나.' 하고 후회한다. 법적으로 권고사직이 어려워져 쉽게 내치지도 못하고, 근로자도 오랫동안 근무할 직장으로 선택하고 들어왔는데 쉽게 그만두기가 어렵다. 20대까지는 뜻이 맞지 않으면 그만두는 쉬운 회피 방법을 썼지만 30대 중반이 지나면서 그마저도 쉽지 않다. 이런 일을 애초에 방지하려면 처음 면접 볼 때부터 정확하게 짚고 넘어가야 한다.

나는 처음부터 원장님이 지금 채용하고자 하는 직원의 포지션과 그 포지션에 걸맞은 업무능력, 덕목, 역량이 무엇인지 질문한다. 원장님이 바라는 것을 정확하게 알아야 내가 그 자리에 맞는지 안 맞는지 파악해서 준비할 수 있기 때문이다. 대답을 듣고 내가 그 역할에 잘 맞는다는 판단이 들면 가볍게 미소를 지으며 자신감 찬 목소리로, 그렇다고 너무 잘난 척하는 것처럼 보이지는 않게 조용하지만 단호한 목소리로 어필한다. 내가 어디까지 하고, 어디까지 잘 아는지, 어느 부분은 조금 부족하지만 충분히 보완 가능한지까지 모두 말한다. 부족한 부분을 어필하는 이유는 부족한 점을 그대로 놔두면 약점이 되지만, 계속해서 발전시키고 보완해 나가는 진취적인 면을 어필하면 나의 강점이 된다. 여기까지 말하면 대부분 오너는 긴가민가하는 표정에서 확신의 표정으로 바뀐다.

중요한 것은 연봉이었다. 20대 때는 넘치는 자신감에 역량이 되지도 않으면서 말발로 연봉을 무조건 높게 부르고, 계약이 되면 그 월급만큼의 근무태도를 보이기 위해 엄청난 노력을 했다. 역량을 끌어올리기까지의 시간을 못 기다려 주던 사업주의 따가운 시선을 몇 달 동안 받은 적도 있었고, 동료 직원들에게 가시 박힌 말을 듣기도 했다. 그 인고의 시간은 정말 힘들었다. 정신적인 피로감이 상당했다. 물론 그 시간이 있었기에 빠르게 성장할 수 있었다. 그때의 내게 감사하다.

30살이 넘어가면서 내 연봉에 대한 목표를 바꿨다. 처음부터 높은 연봉을 제시하지 않고 오너가 주는 대로 받았다. 높은 연봉과 함께 덤으로 오는 사업주의 높은 기대감을 동시에 받고 싶지 않았다. 대신 적정한 월급 수준에서 1년 동안 나의 역량을 모으고 데이터화해서 시각적으로 보여주었다. 나만의 포트폴리오를 만든 것이다. 이런 자료들을 모아서 일하는 내내 근태의 결실로 보여주면 그다음 연봉협상에서는 좀 더 유리한 조건으로 재계약이 체결되는 방법을 선택한 것이다. 여기서 근태는 정말 중요한 포인트다. 원장님은 성실하게 임하는 내 근무태도를 보고 이미 호감을 갖고 있었기에 내 제안은 대부분 받아들여졌다.

내가 두 번째로 중요하게 생각한 것은 퇴직할 때 나의 뒷모습이었다. 자의든 타의든 퇴직할 때 보이는 나의 뒷모습은 깔끔했으면 했다. 인수인계를 원하는 사업주의 부탁을 들었을 때는 내가 배운 기술을 설명하기 쉽게 축약해서 성의껏 알려줬고, 간단히 매뉴얼로 만들어서 주었다. 좀 더 일해 줬으면 하는 사업주에게는 최대한의 근무 날짜를 배려해드렸다. 그런 노력 덕분이었을까? 길에서 마주치거나 세미나장에서 뵙는 과거의 대표님과도 멀리서도 반갑게 인사하며 다가갈 수 있는 사이가 되었다. 갑작스러운 결혼으로 고작 6개월밖에 일하지 못했던 병원에서는 그동안 수고했다며 유명 메이커 귀걸이 선물과 함께 전 직원이 결혼식 참석을 해주셨다. 결혼 후 다니다 출산으로 퇴사했던 치과의 병원장님들과는 아직도 반갑게 서로의 안부를 물으며 인사하는 사이로 지내고 있다. 가끔 병원으로 인사도 간다.

나는 타인에게 잘 보이고 싶은 인싸가 아니다. 누구보다 혼자 지내는 것이 좋은 내향적인 성격이지만 나의 말과 행동으로 오해를 받는 게 싫을 뿐이다. 혹시라도 오해할 만한 빌미를 주어 의도하지 않았던 험담을 듣고 싶지 않다. 그 험담에 상처받는 연쇄 반응이 두려워 애초에 그런 빌미를 주지 않는다. 그렇게 주변 관계를 유지하다 보니 몇 안 되는 사람들과 부담 없는 깔끔한 관계로 인연을 쭉 이어오고 있다.

타인의 평가에 신경 쓰지 말라고는 못하겠다. 나도 그게 얼마나 힘든 일인지 잘 알기에 그렇게 하라고는 말하고 싶지 않다. 다만 타인의 부정적인 평가에 휘둘리지 말고, 나 자신을 믿으며 조급하지 않게 내 페이스를 유지하면서 조금씩 나의 역량과 이미지를 업그레이드해보자. 이 방법이 조금은 느릴 수 있지만 지치지 않는 체력을 유지시켜 주고, 자존감에 상처받고 흔들리는 당신을 단단하게 받쳐주는 좋은 버팀목이 될 것이다.

4

“너 다단계 하니?”

서울에서 혼자 자취를 하던 때에 한동안 꿈에 대한 책을 많이 읽었다. 꿈이란 무엇인지, 내가 만들고 싶은 미래는 무엇인지 고민했다. 분명 어릴 때는 되고 싶고, 하고 싶은 일이 많았는데 클수록 현실의 벽에 부딪히면서 자꾸만 꿈이 작아졌다.

과연 이게 ‘꿈’인가 싶을 정도로 쥐어짜듯 만들어낸 꿈은 물질적인 것들이 대부분이었다. 가방이나 옷, 여행 등 실질적으로 보이는 것들을 갖고 싶어서 돈을 모았고, 그냥 그게 내 꿈이 되었다.

갖고 싶은 것을 사고, 하고 싶은 것을 하기 위해서는 돈을 모아야 했다. 매달 일정량의 돈을 떼어 적금을 넣고, 분산투자를 위해 펀드와 주식을 했다. 수익률을 아침마다 확인하면서 웃는 날도 있었고, 불안하던 날도 있었다. 언젠간 '부자'가 될 것이라는 부푼 꿈을 안고 투자했지만 안타깝게도 내가 모으려던 목표액은 여전히 저 멀리 있었다.

이유가 뭘까? 뭔가 돌파구가 필요했다. 그때 생각했던 돌파구가 바로 '투잡'이었다. 투잡으로 무엇을 할까 찾던 와중에 내게 다가온 암** 회사. 할 줄 아는 것 없고, 병원 근무로 시간을 더 낼 수 없던 내게 딱이었다. 주말이나 틈새 시간을 활용하면 충분히 가능할 것 같았다. 게다가 내가 써보고 좋은 것들은 그게 무엇이든 늘 주변에 입이 마르도록 칭찬하며 추천했었기에 어렵지 않을 거라 생각했다. 좋은 제품 추천만 하면 돈이 들어오는데 안 할 이유가 없었다. 게다가 사업인데 초기비용이 그리 많이 들지도 않았다.

그렇게 나는 네트워크 사업에 발을 들였다. 일단 내가 먼저 써봐야 했기에 이것저것 제품들을 주문했다. 직접 먹어보고 써보고 괜찮은 것들을 주변 지인들에게 추천했고, 사람들은 나를 믿고 회원 가입 후 구입하기 시작했다.

아니 이게 이렇게 쉽다고? 주변에서 "네트워크 사업을 하면 패가망신한다.", "앞으로 남고 뒤로 밑지는 장사다."라는 말들을 많이 들었기에 약간의 불안감이 있었지만 너무 쉽게 벌리는 상황에 '역시, 안 되는 사람들의 핑계일 뿐이었어.'라며 자신감이 붙었다. 사람들이 이대로 꾸준히 매달 제품을 구매한다면 금세 내 목표는 채워질 것만 같았다.

나의 꿈이 너무 컸던 것일까? 지인들의 구매는 딱 한 번, 거기까지였다. 한 번은 나를 보고 구매했지만 매달 정기적인 구매로 이어지지는 않았다. 나의 목적 달성을 위한 만남이 판매로 이어지지 않게 되자 곧 초조해졌다. '어차피 쓰는 화장품인데. 친구가 추천하는 것을 믿고 사면 안 되나?'라는 생각에 섭섭함으로 이어졌고 내 명단의 이름들을 하나씩 지워나갔다.

주변 지인들의 구매가 점점 적어지자 점차 만나야 하는 사람들의 반경을 넓혀나가야만 했다. 예전 보험 상담해주시던 분, 중학교 동창, 일산 사촌 언니, 한양대 다니는 사촌 동생, 구미에 시집간 옛 친구 등 친한 사람에서 예전에 친했지만 연락을 자주 안 했던 사람, 조금 덜 친한 사람, 대화 몇 번 해 본 사람, 안면만 있는 사람으로 점차 넓혀나갔고 그들을 만나면서 목표치에 가까워지려고 애를 썼다.

오랜만에 연락을 해서 상대방이 살던 거주지 근처에서 오랜 지인들을 만났다. 반가운 인사와 함께 근황 얘기를 나누다 보니 그들은 곧 이상한 낌새를 눈치챘다. 그리고 슬슬 제품을 추천하는 나를 불편해하기 시작했다.

"너 다단계 하니?"

지인의 질문에 "에이 다단계 아니야. 내가 써보고 좋아서 추천하는 거야."라며 안 그런 척 포장했다. 내 어색한 표정과 말투는 금세 상대에게 들켰고, 그들을 더욱 곤란하게 했다. 목적이 없는 척 대화하면서 속으로 무수한 생각의 계산기를 연신 두들겼다. 타이밍을 노리기 시작했던 것이다. 이런 어색한 나의 모습 때문이었을까? 지인들은 점차 나를 멀리했고, 제품을 구매하지도 않았다.

그때부터였을까? 타인의 구매 선택이 나의 하루 기분을 좌지우지하기 시작했다. 제품 추천이 통하는 날은 당연히 기분이 좋았고, 제품과 사업에 관심 없는 사람을 만날 때면 시간을 낭비한 것 같아 허무했다. 그럴 때면 한 달 목표 매출이 하루 더 멀어진 것만 같아 초조해졌다.

처음에는 재밌었던 일이 이제는 숙제가 되어 하기 싫은 일이 되었다. 억지로 하다 보니 더 일이 안되었다. 나는 안되는 이유를 내게서 찾기 시작했다. 내 능력을 의심하고 계획대로 되지 않는 상황에 스스로에게 실망했다. '너는 왜 이 정도밖에 안 되냐!'라며 스스로를 몰아붙였다. 그렇게 벼랑 끝에서 위태하게 버티고 서 있던 자존감을 끝이 보이지 않는 어둠 속으로 조금씩 밀어내고 있었다. 점차 몸과 마음이 지쳐가기 시작했다.

한 날은 그저 쉬고 싶다는 생각에 아무것도 하고 싶지 않아 온종일 좁은 방에 웅크리고 있었다. 그러다 문득 이런 생각이 들었다.

'내가 무엇 때문에 이렇게 열심히 하는 거지? 재밌는 일만 해도 모자란 26살을 이렇게 보내는 게 맞는 것일까?'

순간 얼굴이 상기되기 시작했다. 내가 무엇을 하는지도 모르면서 꿈이라고 믿었던 물질적인 소유를 위해 주변 지인들을 만났던 나 자신이 부끄러워졌다. 투잡을 하든, 네트워크 사업을 하든 당당하게 했어야 했는데 스스로를 속이고 있었다. 혹시 다단계라고 손가락질하지나 않을까, 나를 그저 그런 다단계 꾼으로 보지는 않을까 전전긍긍하면서 말이다. 주변의 눈초리를 신경 쓰느라 낮은 자존감에 자격지심까지 생겼다. 힘들었다. 더 이상은 이렇게 지내고 싶지 않아졌다. 고루한 시간들을 그만 끝내고 싶었다.

웅크리고 있던 몸을 쭉 펴서 스트레칭을 한 후 한쪽 벽면에 있던 꿈 보드를 뜯어냈다. 온통 네트워크 사업의 빠른 성공으로 가겠다고 외치던 사치스러운 꿈 보드였다. 꿈 보드에는 더 이상 내 꿈은 없었다. 이제 진짜 내 꿈을 갖고 싶었다.

나는 빈방에서 조용히 외쳤다.

"이제 안 해!!"

다시 떳떳했던 온전한 나로 되돌아가던 순간이었다.

5

"난, 괜찮아."
사실은
괜찮지 않아

사회초년생이 된 지 얼마 되지 않아 고등학교 동창 모임을 하게 되었다. 홍대 핫한 술집에서 약속을 잡고 모였다. 약속 시간에 약간 늦은 나는 급하게 가게 문을 열고 들어서 보고 싶던 친구들이 앉아 있는 테이블을 찾기 위해 가게 내부를 빠르게 훑었다. 술집 가운데쯤 크게 손을 흔들며 내 이름을 부르는 친구의 모습을 보고 함박웃음을 지으며 다가갔다. 조금은 성숙해 보이는 외모와 차림새를 보니 잘 지내는 듯 보였다.

서로 근황을 나누며 술잔을 기울였고, 시간이 갈수록 분위기가 무르익어가면서 그때 그 시절 짓궂은 장난 어린 농담을 하기 시작했다. 그때와 다름없는 농담이라 서로 반가워하며 웃었다. 그중 음대를 다니던 한 녀석이 좀 취했는지 여자아이들의 다리를 두고 평가하기 시작했다.

"○○, 오늘은 청바지 입었네. 왜 청바지 입었어? 코피 쏟게 저번처럼 짧은 치마 입고 와야지."

그 말을 들은 다른 애들은 일제히 여자애들 다리를 훑었고, 곧 웃음 섞인 말이 들렸다.

"야 솔아, 오늘 짧은 팬츠 입었네. 솔아 다리로 만족해."

"아 내 눈!!! 황솔아 너는 청바지 입고 왔어야지."

같이 있던 친구들과 그렇게 말하던 녀석은 모두 박장대소하듯 웃고 있었다. 나도 어설프게 웃으며 이게 무슨 상황인가 싶었다. 갑자기 훅 들어오는 공격에 적잖이 당황스러웠다. 불쾌하고 기분이 나빴지만 다들 웃는 분위기에 정색하는 실수를 하고 싶지 않아 나도 엉겁결에 억지로 웃고 말았다. 한 친구가 웃는 친구의 옆구리를 찔렀고, 그 친구는 곧 나를 보며, "야. 황솔아 농담인데 괜찮지?"라고 말했다.

당연히 기분 나빴다. 시선으로 느끼는 성추행을 당한 것 같았고, 여러 친구들 앞에서 모멸감을 느껴 화가 났다. 정말 괜찮지 않아서 "야 기분 나빠. 성희롱 하냐?" 따질까도 싶었다. 하지만 즐거운 분위기를 망칠까 싶어 곧 웃으며 괜찮다고 해버렸다. 하나도 괜찮지 않으면서 쿨한 척 그럴 수 있다고 나 자신에게 억지를 부렸다.

사실 그런 농담을 하던 녀석이라는 것을 몰랐던 것도 아니었다. 고등학생 때도 잘 놀다가도 선 넘는 말을 종종 하던 녀석이었다. 다른 애들은 그 농담이 재미있다고 다들 웃어주었는데 나는 왜 저러나 싶어 가끔은 정색하며 그만하라고 한 적이 몇 번 있었다. 그럴 때마다 다른 친구들 앞에서 나를 예민한 사람 취급하던 녀석이었다. 그래서 오히려 '내가 좀 과민반응이었나?' 싶어 얼굴이 벌게졌던 일이 있었고, 그 이후로는 웃으며 넘기기 시작했다. '가끔 저러는 것만 빼면 괜찮으니까. 같이 놀 때는 재밌으니까.' 다른 친구들이 웃으니 나도 재밌다고 생각했다. 그리고 성인이 된 오늘도 저 녀석은 여전히 무례한 농담을 걸어왔다. 결국 나는 쿨한 척 웃으며 애써 아쉬운 척 만남을 정리하고 집으로 돌아왔다.

집에 돌아오던 전철 안에서 혼자 생각해보니, 정말 신기하게도 남에게 선 넘는 말을 자주하는 사람들은 묘한 공통점이 있었다. 똑같이 무례한 장난을 걸면 정색하며 싫어한다는 것이다. 본인은 당하면 안 되고 남에게는 그래도 된다는 내로남불(내가 하면 로맨스, 남이 하면 불륜)의 모습을 보여준다. 바꿔 생각하면 남도 본인과 똑같이 느낄 거라는 자연스러운 이치를 알게 될 텐데 왜 그들은 본인이 당한 것만 생각할까? 웃으며 받아주면 만만해지고, 화내며 정색하면 예민한 사람 취급하고 참 아이러니했다.

30살이 넘어가니 이런 사람 한둘은 꼭 좋든 싫든 스쳐 지나가기 마련이었고, 무례한 말에 마음이 다치는 것은 '괜찮은 척하는 나'였다. 이제 그만 상처받고 싶어 타인의 무례함에 대한 대처 반응 두 가지를 생각해 냈다.

첫째는 자주 볼 사람이다. 처음에는 가볍게 받아주다가 2번 이상 반복되면 정색하며 그만하라고 한다. 처음부터 정색하면 친해질 수 없으니까 지켜보다가 반복되는 패턴이다 싶으면 그만하라고 말한다. 매일 얼굴을 마주치며 훅 들어오는 무례함을 눈감아 주다 보면 나에게 독이 쌓이게 되고, 상대방에게 호구 잡힌다. 반복되면 예민해지는 것은 결국 나다.

그럴 땐 과감하게 "그만하시죠."라고 말하자. 처음에는 상대방도 당황해서 몇 초간 정적이 흐르다 "너 원래 안 그랬잖아. 오늘 기분 안 좋아?"라며 농담도 모르는 예민한 사람으로 몰아 갈 것이다. 그러면 어떤가? 일단 내 의견을 정확하게 표현해야 한다. 앞으로 매일 보며 함께할 사람과 불편하게 지내고 싶지 않다면 더더욱 말해야 한다. 표현해야 평화가 찾아온다.

둘째는 자주 안 보는 사람이다. 이런 사람들이 무례한 행동을 할 때는 처음부터 정색하면 된다. 오랜만에 만난 친구가 안부를 물으며 여러 친구들 앞에서 나를 희화화한다면 이것은 참을 수 없다. 내가 이 모임에 친구가 되려고 나왔지 재밌는 안주가 되려고 나온 것도 아니니까 초반부터 주의를 줘야 한다. 하지만 단호한 정색보다는 웃으며 말하는 여유로운 정색을 선택했다. "상처 주네. 그만하고 술이나 마셔.", "그만하지? 하나도 재미없는데?"라고 얘기하면 대부분은 알아듣는다. 그런 말 뒤에 따라오는 말은 귀담아들을 필요 없다. 난 분명 상대방의 무례한 농담에 웃어 주었고, 정색하는 것은 상대방이니까 내가 분위기를 망친 것은 아니다. 이 모임에서 중요한 건 바로 나니까 다른 것은 신경 쓸 필요 없다.

10년이 지난 지금 사실은 첫 번째보다는 두 번째 방법을 더 선호하게 되었다. 웃으며 할 말 다 하는 현명한 대처로 친절하지만 쉽지 않은 사람으로 인식되었다. 나에게 함부로 하는 사람도 줄어들었다.

괜찮지 않으면서 "괜찮아."라고 말하면 상대방은 그게 정말 괜찮아서 하는 말인 줄 안다. 나중에 그런 데서 오해가 쌓이고, 갈등이 생긴다. 상대방이 불편함을 느끼지 않는 선에서 나의 감정에 조금은 솔직해 보면 어떨까? 잠깐의 정적은 '나를 쉽게 해도 되는 사람'에서 '나는 쉽게 하면 안 되는 사람'으로 만들어 줄 것이다. 이제부터 말해보자.

"나 괜찮지 않아. 그러니 그만해."

6

컷트!! 당신을 끊어냅니다

내가 살아내고 있는 인생은 사람이라는 점들이 만나 관계라는 선을 만들어 내는 것이라고 생각한다. 이 점들과 선들은 무수히 많은 시행착오들을 겪으며 새로 만들어지기도 하고 없어지기도 한다. 어떤 선은 희미하게, 어떤 선은 진하게 명도의 차이로 어느 기준을 갖고 나눠지고 있다. 그 안에는 너덜너덜 버티다 힘겹게 끊어진 선도 있다.

20대 중반의 사회생활은 참고 버티고 이겨야만 했던 힘겨운 나와의 싸움이었다. 약한 멘탈로 기분이 태도가 되면서 감정의 실타래가 엉켜버리는 날도 종종 있었다. 그러다 가뭄에 콩 나듯 누군가의 인정을 받으면 그날은 최고 행복한 날이었고, 누군가의 질책을 받으면 한없이 나락으로 떨어졌다.

특히, 특정한 이유 없이 나를 미워하는 사람들과 매일 마주하는 일이 제일 힘들었다. 분명 나와 웃으며 대화하는 사이인데 왜 내가 안 보이면 온갖 험담을 하는지 알 수 없었다. 그런 말들을 전해 들었을 때 겉으로는 "괜찮아, 나는 신경 안 써. 나도 그 사람들 싫어해." 또는 "참나, 나도 그냥 가만히 있지만은 않겠어." 등 독한 행동을 예고하는 말들을 뿜으며 말을 전달해주는 하이에나 같은 사람들 앞에서 복수를 다짐했다. 재밌는 구경거리를 예고하며 관중들을 모으기도 했다. 그러나 호기로운 말과는 상반되게 나의 일과시간은 그들의 행동거지 하나하나 신경 쓰느라 예민했고, 수군거리는 듯한 소리에 나의 감정들은 겨울날의 찬바람처럼 춥고 날카로워졌다.

여전히 나를 힘들게 하는 상대방의 틈을 노리며 방어적인 태도로 임하던 복수도 발전하기 시작했다. 시간이 지나서는 좀 더 지능적으로 그들이 화내는 포인트를 더 쑤시며 선제공격을 하고, 겉으로는 강한 척 도장 깨기처럼 적이라 생각됐던 사람들과 언쟁을 벌였다. 그런 후엔 상대방의 약 오르는 모습을 보고 하하 호호 승리의 브이를 보이며 이긴 기분을 만끽했다.

아니 만끽하는 '척'했다. 나의 싸움을 지켜보는 사람들 앞에서는 강자처럼 여유롭게 그래야만 한다고 생각했다. 실은 너무 아프고 힘들었으면서 말이다. 아무도 없는 어둡고 텅 빈 나만의 공간에 들어오면 미움받는 현실이 외로워 울면서 술을 마셨다. 속상했고, 많이 슬펐다.

'나는 왜 미움을 받는 것일까?'

아무리 생각해도 알 수 없었다. 분명 내게도 문제가 있었겠지만 욕먹을 정도는 아닌 것 같은데. 나를 보호하기 위해서라도 복수의 칼날을 벼려야 했다. 머리로는 남에게 복수하거나 다른 사람을 적대시하는 행동은 남에게 해를 입힘과 동시에 나에게도 분명 불리한 행동이라고 안 된다고 말리고 있었다. 어쩌면 나는 그들과 잘 지낼 수 있는 시점을 벗어난 것이 아닌가 덜컥 겁이 났다. 서둘러 얼른 이 관계들을 바로잡고 싶었다. 내일도 모레도 계속 마주쳐야 하는 관계라면 괜찮았던 시점으로 돌아가야만 했다.

결국, 내 마음의 상처는 대충 덮어버리고 그들과 휴전을 선택하게 되었다. 겉으로는 잘 지내는 척했지만 속으로는 또 실수하는 것은 아닌지, 내 행동이 또 밉보이는 건 아닌지 눈치 보기 바빴다. 나의 건강한 웃음기는 점점 사라졌고, 가식의 미소를 짓는 날이 많아졌다. 깊은 감정의 골을 풀고자 얕은 사과를 건넨 나를 그들이 고스란히 믿어줄 리 없다고 생각했기에 가식이라도 보여주어야만 했다.

강한 척 웃으면서 슬픈 패배감을 저 깊이 숨겨 두었다. 들키고 싶지 않았다. 그렇게 1년을 버티고, 참고 잘해보려 노력했다. 그러면서 나의 상처를 스스로 가십거리로 만들어 그들과의 관계를 재밌게 관전하던 타인들에게 던져주듯 얘기했다. 다른 사람 앞에서 아무렇지 않은 척 부풀렸던 자존심 때문이었던 것 같다. 스스로를 가십거리로 만든 덕분에 집에 돌아가면 내 마음은 만신창이가 되어있었다. 낮에는 남 신경 쓰느라 내게 제대로 된 위로 한 번 건네지 못했고, 혼자만 있는 밤이 되면 술의 힘을 빌려 내게 하고 싶었던 솔직한 위로를 건넸다. 그렇게 몇 날 며칠을 술잔을 기울였다. 위태하게 흔들리던 밤이 지나 아침이 되면 다시 삐에로 가면을 쓰고 전날 나의 검정을 아무렇지 않게 위장하며 멀쩡한 모습으로 출근 준비를 했다. 내 마음은 슬픔과 외로움, 노여움에 점점 잠식되어 갔고, 마음이 힘든 만큼 몸도 서서히 망가지고 있었다.

하루하루를 전투하듯 힘겹게 버티다 보니 선심 쓰듯 주어진 '팀장'이라는 직함을 얻었다. 이상하게도 어렵게 얻어낸 승진이 그다지 기쁘지 않았다. 그즈음 일하다가 콜라색 소변을 보게 되었고, 대학병원 조직검사를 하게 되면서 '사구체신염'이라는 만성질환을 얻게 되었다. 검사 결과에 어안이 벙벙해졌다. 신장병이라니 덜컥 겁이 났다. 곧 정신을 차리고, 내가 제일 먼저 해야 할 일을 선명하게 떠올릴 수 있었다. 내 몸이 힘겨워 하는지도 모르고 미련하게 억지로 근근이 이어오던 가느다란 줄을 아프고 나서야 끊어낼 수 있었다. 그때 내 나이 26살이었다.

흔히들 "요즘 신입들은 끈기가 없어. 아니다 싶으면 적응하려 들지 않고, 곧장 일을 관두고 떠난다니깐."이라고 말을 한다. 과연, 끈기만의 문제일까? 나는 그렇게 생각하지 않는다. 일이 힘들어서가 아니다. 관계가 힘들어도 견딜 수 없다. 그런 말은 '사람'으로 보지 않고 오로지 '노동력'으로만 보기에 그렇다고 생각한다. 그 사람의 마음은 그 사람만이 안다. 알지 못하면서 가타부타 말하는 것은 오히려 그 사람에게 2중으로 상처 주는 일이다.

"네 인생을 흔들 만한 사람이 아니면 흘려보내라."라는 말이 있다. 힘들면 떠나도 된다. 마음이 너무 괴롭고 힘들다면 얕은 관계에 끌려다니지 말고 내가 관계의 주체가 되어 과감하게 끊어내길 바란다.

10대 때의 일이다. 한참 사춘기를 겪던 시절 내향인 성격이 너무 뚜렷해 친구들 관계에서 무례한 장난을 걸어오는 친구에게 하고 싶은 말을 하지 못해 우물쭈물했었고, 겨우 말하려 하면 눈물부터 나와 말문이 턱 막힐 때가 있었다. 지금 생각해 보면 같이 어울리던 친구들이 나를 만만하게 대했던 것도 이런 모습 때문이었던 것 같다.

결국, 상대의 말에서 받은 상처는 낫지 못하고 안으로 곪아 터져 극단적으로 손절한 친구도 몇 명 있었다. 친구에 대한 배려의 의미로 혹시나 하는 마음에 말을 아끼다 어느 날 갑자기 분노게이지의 용량이 다 되어 친구를 손절했던 것이다. 내가 왜 이런 행동을 했는지 영문을 모르던 친구 입장에서는 어느 날 갑자기 당한 예의 없는 행동으로 보였을 것이다. 그러다 보니 자연스레 나를 싫어하는 친구가 생기기 시작했다. 아무 말 없이 상대를 손절하는 행위는 이기적인 나만을 위한 것이었고, 영문을 모르는 상대에게는 결례라는 것을 나쁜 상황으로 악화되고 나서야 알게 되었다. 아무런 예고도 없이 상대를 회피하는 것은 제일 나쁜 자기방어라는 것을 말이다.

그 이후론 말하지 않아도 알아 줄 것이란 마음을 내려놓고 상대의 관점에서 기분 나쁘지 않을 단어를 찾아 말하기 시작했다. 최대한 상대를 배려하려 노력한 것이다. 이런 노력에도 불구하고 변함없이 무례한 행동을 한다면 시간을 두고 서서히 멀리했다. 미처 손절한다는 것을 눈치채지 못하게. 하지만 연락은 하지 않음을 분명히 한 채로.

끊어 낼 당시에는 많이 아프고 힘들겠지만, 치유의 시간은 미련으로 억지로 버틸 때 오는 후폭풍보다는 그리 길지 않을 것이다. 그러니 너덜너덜해진 관계 속에서 고민하는 사람들에게 오직 그대들만 생각하길 바란다고 말해주고 싶다. 내가 있어야 관계가 있고, 주변이 있는 것이다. 그때 차라리 상처받은 마음을 누군가에게 숨김없이 그대로 보여주고, 나를 힘들게 하는 관계에 연연하지 말고 얼른 끊어내라는 조언을 받았다면 나의 20대가 더 행복하고 더 반짝반짝 빛났을 것이다. 뒤늦은 후회지만, 그렇기에 30대인 나는 오늘을 후회 없이 살아간다.

7

'손절'의 의미

"엄마 나 친구랑 절교했어."

빨래를 정리하던 내 곁에서 장난감을 가지고 놀던 7살 아들의 말이었다. 절교의 무게를 모르고 하는 말이 귀여워 웃으며 왜냐고 물었더니 "그냥."이라며 대수롭지 않게 대답했다. 역시 아이다운 대답에 옅은 미소가 지어졌다.

어렸을 때 나도 친구들과 장난치다가도 어느 순간 틀어지면 "너랑 절교야."라는 말을 곧잘 했었다. 어렸을 적 나와 지금 내 아들은 이 말의 무게를 몰랐기 때문에 할 수 있었던 말인 것 같다. 요즘 흔히들 하는 '손절'과 비슷한 의미다. 손절은 주식시장에서 쓰이던 '손해를 보더라도 적당한 시점에서 끊어낸다.'라는 뜻으로 요즘은 '사람과 사람 사이의 관계를 끊어낸다.'라는 뜻으로 더 많이 사용하는 말이다.

중, 고등학교 시절만 해도 나와 잘 맞지 않는 친구와의 관계 정리는 그다지 어렵지 않았다. 물론 당시는 매우 아팠지만, 지금 생각해보면 성인이 돼서 할 수 있는 손절에 비해 비교적 쉬웠던 것 같다. 싸워서 생긴 생채기에 서로 보고도 못 본 척 지나가면서 점점 연락 횟수가 줄어들고 그렇게 서서히 다른 친구들과 지내게 되면서 자연스럽게 멀어질 수 있었다.

성인이 된 우리는 '손절'이라는 것을 그때만큼 잘 해낼 수 있을까? 대학생 때까지만 해도 그런 관계 정리는 어느 정도 할 수 있었던 것 같다. 나를 불편하게 했던 선배는 안 보면 되고, 마음 안 맞는 친구와는 같은 과목 수강을 안 하면 되는 거였고, 개인적인 사유로 휴학도 할 수 있었다. 나 위주로 생각하면 되는 거였으니까 비교적 쉬웠다.

하지만 돈과 연결된 복잡한 관계에서는 내가 상처를 받아도 손절이 쉽지 않다. 취업한 후 부당한 대우나 무례한 행동에서 손절하기보다는 참는 것을 자연스럽게 선택한다. 그래야 내가 버티고 돈을 받을 수 있으니까 이건 어쩔 수 없는 선택이기도 하다.

나 역시도 사회초년생이 되었을 때 참아야만 하는 관계가 무엇인지 알게 되었다. 갑과 을의 관계에서 부당 대우를 겪었는데, 당시 일하던 곳 대표님은 50대셨고, 나는 25살 정도였다. 이 분은 단둘이 있을 때 성희롱의 선을 아슬아슬하게 넘어 다니셨다. 인사할 때 양손을 벌려 품 안으로 들어오라는 제스처를 한다거나, 가슴 쪽에 뭐가 묻었다며 털어주려는 손짓을 한다거나, 데이트할 때 무엇을 하는지 궁금하다면서 이것저것 묻거나 등등 지금 생각해보면 절대 참지 않았을 행동들이었지만 그땐 그만둘 정도라는 생각을 못 했다.

어쩔 수 없이 차선책으로 했던 선택은 양손 벌려 들어오라 할 때는 하이파이브를, 대표님 방에 들어갈 때는 문 열어놓고 들어가는 등 나름의 장난스러운 방법들로 회피하며 참는 쪽을 선택하였다. 물론, 주변에 말해 볼까 생각을 안 해

봤던 것도 아니다. 엄마에게 말해서 도움을 받아 볼까 했지만 나는 성인이었고, "당장 그만둬."라는 말을 들을까 두려웠다. 그만두기엔 들어간 지 한 달밖에 되지 않은 신입이었다. 다른 곳에 취업하려 해도 여기서 1년은 배워야 경력으로 인정받을 수 있다고 생각했다. 그래서 그만둘 수 없었다. 그만둘 것도 아니면서 정색하고 덤비는 나의 말에 어색하고 엄해질 분위기가 싫어 혼자 참고 해결하기로 마음먹었다.

30대가 돼서야 참기만 해서는 100프로 해결되는 일이 없다는 것을 알게 되었다. 아니다 싶으면 먼저 '손절'을 외쳤어야 했다. 하지만 관계를 끊기만 하는 손절이 과연 나에게 도움이 될까? 진정한 사회생활 속 손절은 '거리 두기 스킬'이 있는 숨은 손절을 선택해야만 한다.

성향이 맞지 않던 상사가 있었다. 이 분은 기분이 안 좋으면 주변 공기까지 얼게 하고, 본인의 감정을 얼굴로 고스란히 드러내는 바람에 옆에서 보는 사람까지 눈치 보고 불편하게 했다. 어떤 제안을 하면 항상 부정적인 대답을 먼저 하고 본인의 생각과 다른 말을 하면 대부분 동의하는 일이 없던 사람이었다. 거기다 자신에게 잘하지 않는 직원에 대해서는 뒷말도 서슴지 않고 남의 험담을 참 좋아하던 사람이었다. 그 사람이 내 험담을 했다는 것을 알게 되었을 때는 분노 게이지가 치솟았다. 하지만 그만둘 수 있는 상황이 아니라서 매일 볼 수밖에 없어 마음속으로 격한 손절을 외치고는 행동에 나섰다.

먼저 업무 외에는 절대 엮이지 않았다. 업무적으로 연결될 수밖에 없던 핸드폰 번호와 카카오톡 이외에는 대화조차 피했다. 대화 중 맞는 말에 대해서는 공감하지만 아니다 싶은 말에는 동조하지 않았다. 그리고 나의 사적인 말은 아꼈다. 본인이 들었을 때 자신보다 우월하다 생각하면 바로 날 선 말을 했었기에 그 부분에 대해서는 칼 차단을 했던 것이다. 그럼에도 불구하고 내가 정한 바운더리를 넘어오면 상사에게 한 번씩 경고 카드를 날려 주었다. '이 선 넘으면 침범이야. 매너는 여기까지… 그 선 넘으면 정색이야. Stop it 거리 유지해.'

"스킨십은 사양할게요,", "stop it 거리 유지해.", "당신의 비밀이 뭔지 저마다의 사정 역시 정중히 사양할게요.", "깜빡이 켜. 교양이 없어 너 더 상대 안 해." 정말 손절의 정석

같은 가수 '아이유' 노래의 가사들이다. 나도 이런 멘트의 카드들을 무수히 날렸지만, 아이러니하게도 그 상사는 선을 계속 넘어왔다. 하긴 그렇게 해서 변할 관계였다면 내가 힘들지도 않았을 것이다.

그 상사는 몇 번의 경고 카드를 줬음에도 자신의 생각과 감정을 상대방에게 강하게 밀어붙였다. 그런 상황이 자주 반복되면서 이 사람을 미워하는 데 나의 소중한 오늘이 쓰이고 있었다. 본인은 되고 남은 안 되는 이중 잣대가 이해되지 않았고, 독감 걸렸을 때 병원도 못 가게 하는 이유도 이해되지 않았다. 이런 것들을 애써 모른 척하고 다음 날 웃으며 일하기가 힘들었다. 애써 웃는다 한들 "억지로 웃지마. 다 보여. 그럴 필요 없어."라는 말만 들었을 뿐이었다. 내가 했던 모든 노력이 아무것도 아닌 것처럼 되자 허탈했다.

결국, 일터의 감정을 털어내지 못하고 퇴근해 가족들에게 민감하게 반응할 때가 많았고, 다음 날 출근하기 싫어지면서 밤에는 불안한 마음에 잠이 들기 어려워졌다. 그때 이 사람과의 관계를 끊어내기 위해 이직을 결심하게 되었다. 나를 싫어하는 사람임이 분명했고, 더 이상 이 관계에 연연할 필요 없단 생각이 들었다. 더 이상의 무의미한 감정 소모는 나를 지치게 하고 평정심을 무너뜨리게 할 것 같은 두려운 마음에서 내린 어려운 결정이었다.

관계란 상호작용이 필요한 것이다. 하지만 나의 상사는 본인의 잣대를 기준으로 상대에게 배려 없는 일방적인 말과 행동을 밀어붙였다. 선을 넘기 전까지 괜찮다는 말을 하며 슬프지 않은 척, 화나지 않은 척, 질투 나지 않은 척 참았지만 사실은 하나도 괜찮지 않았다.

그래서 나는 내가 떠나는 것으로 상사와의 관계를 손절했다. 혹여나 나의 경고카드를 받은 상사가 나에게도 경고카드를 내밀며 서로에게 지켜야 할 관계의 거리를 공유하고 인정했다면 조금은 달라졌을까? 지금 우리의 관계는 어떤 모습을 하고 있을지 문득 궁금해진다.

8

내 취미는 '독서' 입니다만

출근 준비를 하며 거울을 보니 그새 머리가 많이 길어 어깨에 닿을락 말락 했다. 남들이 보면 그리 긴 머리는 아니지만, 결혼식 이후로 어깨선을 넘겨 길러본 적이 거의 없었기에 조금만 길어도 무겁고 지저분해 보였다. 이제는 길러 보라는 주변의 권유가 있었지만, 머리를 길러 보는 것이 왠지 어려웠다.

곧 핸드폰을 들어 주말에 시술이 가능한 미용실을 찾아

모바일 예약을 하고 출근 준비를 끝냈다. 미용실 예약 날짜까지 SNS를 뒤지며 나에게 어울릴 만한 스타일을 찾아 저장했다. 이 정도면 미용실 갈 준비는 대충 끝난 것이다.

예약 당일 가방 속에 차 키와 핸드폰을 챙기고 나가려다 말고 잠시 멈췄다. 오늘 약간의 웨이브를 넣으면서 커트를 할 예정인데 그럼 3시간이나 미용실에 묶여 있어야만 했다. 말이 3시간이지 그 시간 동안 핸드폰을 본다는 것이 생각보다 쉬운 일이 아니었다. 잠시 고민하다 침대 머리맡에 있던 『파친코』 책을 들었다. 한참 그 책이 드라마로 제작되면서 책마저도 유명해졌다. 책 내용이 궁금해 알라딘 중고서점에서 어렵게 구했지만 읽지 못하고 그대로 두었던 책을 읽을 기회였다.

미용실에 도착해 가볍게 커트를 하고 파마 약을 머리에 도포했을 때쯤 책을 꺼내 허벅지에 위에 올렸다. 앞으로 머리를 말고 하려면 1시간 이상은 이 상태로 있어야 하니 책 읽기에 좋은 시간임이 분명했다. 헤어 디자이너가 왔다, 갔다 하며 나를 힐끔 곁눈질로 봤다.

"책 좋아하시나 봐요. 저희 미용실에 책을 들고 오신 분은 손님이 처음이에요. 대단해요."라며 나를 호기심 어린 시선으로 쳐다봤다.

'아, 내가 이래서 책을 들고 올지 말지 고민했던 것인데.'

역시나 좋아하는 책을 틈틈이 읽는다는 것만으로도 주변의 시선들이 나에게 집중되었다. "네. 머리하는 데 시간이 오래 걸려서 책이라도 읽으려고 가져왔어요."라고 변명 아닌 변명을 늘어놓고 시선을 책으로 돌려 민망한 얼굴을 가렸다.

서울에서는 책을 읽는다는 것이 그리 민망한 것이 아니었는데, 이상하게도 통영에서는 그게 그렇게 민망한 것이 아닐 수 없었다. 점심을 먹고 혼자 조용히 책을 꺼내면 "와 책 읽으시려고요? 대단하다. 나는 책 읽는 게 그렇게 어려운데." 라는 말을 늘 들어왔다. 그럴 때마다 나는 묻지도 않은 변명을 위한 단어들을 찾느라 머릿속이 바빴다.

"아 심심하기도 하고 핸드폰 보자니 눈이 아파서."

내 말의 답을 듣기 위해 상대방이 물었던 것은 아니었지만 왠지 말해줘야 할 것 같은 기분이 들었다. 책 읽는 것이 창피한 일이 아닌데 왜 나는 그렇게 민망한 기분이 들었던 것일 까?

아마도 나의 습관적인 방어기전 때문에 그런 것이리라. 남들이 나에게 집중하는 게 싫어서, 신기하게 보는 것이 싫어서, 남들과 조금 다르다는 말을 듣기 싫어서, 남들과 비슷해 보이길 바라는 마음에 그랬다. 맞다. 나는 자존감이 낮았던 것이다.

어릴 때부터 약자라고 생각하며 작게 지정해 놓은 내 낮은 자존감이 나의 고귀한 취미생활조차도 남들이 몰랐으면 했다. 남들이 혹시라도 알게 되면 혼자 괜히 창피한 생각이 들었다. 남들이 몰랐으면 좋았을 텐데 왜 이리도 관심이 많은지 그 관심이 싫었다. 독서가 취미라는 건, 실은 자랑할 만한 일인데 이토록 쑥스럽고 창피한지 스스로 틀을 깨야겠다는 생각이 들었다. 책은 내게 위로를 던졌고, 나의 친구가 되어주었다. 책을 읽은 후의 깊은 사색은 나를 더 단단하게 만들어주었다. 그렇다. 남에게 그리고 스스로에게 당당해져야 했다.

몇 달 뒤, 직원들과 휴게실에서 이런저런 얘기를 하다 한 직원이 말했다.

"저는 취미가 없는데 예전부터 취미 묻는 말을 들으면 참 불편했어요. 팀장님은 취미 같은 거 있으세요?"

"나? 당연히 있지. 나 책 읽고 글 쓰는 게 취미야."

직원들이 나에게 집중하는 것이 느껴졌지만 그 순간은 찰나였고, 생각보다 사람들은 나를 크게 신경 쓰지 않았다.

그렇다. 타인은 내가 생각하는 것보다 그다지 나에게 관심이 없다. 내 착각이었던 것이다. 괜히 나를 이상하게 볼 것이라는 이상한 오만함. 실은 스치듯 질문한 것뿐인데 지레짐작하고 겁먹었던 것이다.

나는 그저 나다. 내가 좋아하는 것에 자신감을 갖고, 잘한다고 생각하는 것들에 대해 좀 더 자부심을 가져보자. 그리고 크게 외쳐 보는 거다.

"안녕! 난 솔아야. 내 취미는 독서야. 그리고 글쓰기를 사랑하지."

9

'E' 같아 보이지만 'I'입니다

몇 년 전부터 MBTI가 유행이다. 오래전부터 있던 테스트임에도 불구하고 MBTI 얘기로 여전히 떠들썩하다. 비단 우리 병원뿐 아니라 TV에서도, 각종 SNS에서도 유행처럼 번져 일상생활에 자연스럽게 스며들었다.

이제 막 출근하기 시작한 병원에서도 MBTI 열풍으로 서로 테스트 하느라 정신없었다. 서로의 MBTI가 궁금하다며 테스트 가능한 주소를 전체 카톡방에 공유했다. 나의 MBTI

가 궁금했던 직원들은 나에게도 검사를 권유했고, 나 역시도 궁금했기에 공유된 주소로 들어가 최대한 신중하게 나랑 가까운 목록에 체크를 해 나갔다. 진지한 자세로 답을 달았고 약 10분 정도 흘렀을까? 드디어 내 MBTI를 확인할 수 있었다. 나는 ISFP였다.

<ISFP - 호기심 많은 예술가, 성인군자형>

- 모든 유형 중에서 침대 위에 누워서 아무것도 안 하는 시간이 제일 길다.
- 화가 나더라도 차분하고 친절하게 의견을 표현한다.
- 남에게 싫은 소리 못 하고 속으로 삭인다.
- 다른 사람의 부탁을 거절하기 어려워한다.
- 남을 잘 믿고 의심하지 않는다.
- 유연한 사고방식과 관용적이고 개방적인 태도를 지니고 있다.
- 분쟁을 싫어하며 조화롭게 지내고자 노력한다.
- 사람을 만나기는 좋아하지만 싫어한다. (상대방이 당일 취소하길 바람)
- 전화보다 메시지를 선호한다.
- 내향(I)형답게 혼자만의 시간을 즐긴다.

출처: 나무위키

순간 흠칫 놀라며 결과지를 한참 읽어보았다. 그냥 '나'였다. 내가 괜히 혼자 있는 것을 좋아하는 것이 아니었다. 나는 쉬는 날에는 아무런 약속 없이 거실 소파에 누워 뒹굴뒹굴 밀린 드라마 시청하는 것을 좋아한다. 가끔 약속을 잡고 밖에 나가면 3시간이 한계다. 그 시간 동안 상대방의 이야기에 집중하고 적절한 리액션을 찾아서 하느라 기가 다 빨려 지친다. '이제 그만 집에 가서 쉬고 싶다.'라는 생각을 어느 순간부터 하기 시작한다.

내향인들 모임은 조금 낫다 싶지만 그 역시도 3시간을 넘기기 힘들다. 그중에서도 그나마 외향인 같이 행동하며 분위기를 주도하는 역할을 자처하는 내 성격 탓도 있다. 대화 내내 머릿속으로 혹시나 누군가 소외되지 않는지, 우리의 대화가 불편하지는 않을지, 또는 섭섭하지는 않을지 온 레이더를 가동하느라 쉽게 지친다. 그렇다고 누군가를 만나는 것이 싫은 것은 아니다. 다만 내가 가장 좋아하는 것은 혼자만의 시간이다. 오롯이 집에서 혼자 쉬는 시간이 좋다. 진정한 휴식이자 재충전의 시간이다.

주변 지인들은 내가 내향형이라는 것에 놀라며 믿지 않는다. 굉장히 적극적이고 자신의 의견을 가감 없이 잘 말하는 외향형이라고 생각했다는 것이다. 사회인이 되면서 장착한 방어기전이 정확하게 들어맞았는지 아마도 나의 보이는 모습 때문이리라.

나는 평화주의자로 주변 모두가 모난 데 없이 조화롭게 잘 지냈으면 하는 마음이 크다. 그래서 3명 이상이 만나 분쟁의 조짐이 보이면 솔로몬이 되기를 자처했다. 불편한 관계가 되면 회복하는 데 오래 걸리고 중간에 껴서 눈치 보는 게 힘들었기에 한 행동이다. 내향적인 성향임에도 누군가와 만났는데 대화 없이 조용하고 어색한 기류가 흐르면 그렇게 불편할 수가 없다. 뭐라도 말해서 이 불편한 기류를 깨야만 했다. 그래서 낯가리는 성격임에도 불구하고 먼저 말을 걸고 계속 대화를 이어가려 했다.

아마도 이런 모습들에서 나를 외향형이라 생각했을 것이다. 다들 나의 MBTI 결과를 듣고서 "네가? E 같아 보이는데 I 라고?" 하며 물었고, 이런 반응에 애써 나의 결과에 대한 변명들을 늘어놓는다. 사실, 내가 나답게 하루 종일 있는 방법은 아무도 없을 때 제일 자연스럽게 나온다.

"뒹굴뒹굴 데굴데굴 하루를 종일 한자리에서"라는 노래 가사가 나의 일상을 말해주는 것 같다. 휴무 날 가족들이 다 나간 조용한 집 안의 정적이 좋다. 그저 공기 소리만 들리는 침대나 소파에 누워 한량처럼 시간을 보내면 하루가 금방 간다. 이렇게 혼자 온전히 집에만 있으면 결코 심심하다는 생각 없이 하루가 즐겁다.

나도 가끔은 밝아 보이는 척, 남들을 위한 미소가 지쳐 조용히 만나는 사람들을 맞이해 본 적이 있었다. 대부분의 사람들은 희미한 미소만 짓는 나를 보고 안 좋은 일이 있냐고 되물었다. 참 아이러니했다. 아무도 신경 쓰고 싶지 않을 만큼 에너지가 방전되어 나만 신경 쓰고 싶은 생각에 입꼬리의 긴장을 풀고 있었을 뿐인데 내 기분이 그렇게 다운되어 보이다니 좀 난감했다. 더 나아가서는 내 눈치를 보는 사람도 있었다. 이러고 싶어 그런 게 아닌데 본의 아니게 미안해졌고, 결국 다시 사회생활형 모습으로 돌아와 밝게 농담을 했다.

그렇다. 모든 내향인들이 나처럼 생각하는 것은 아닐 것이다. 왜 저렇게까지 남을 신경 쓰나 싶지만 본능 같은 거라고 해두자. 도저히 나만 신경 쓸 수 없는 성격이다. 그래서 혼자가 좋으면서도 여전히 사람들을 만나는 것을 좋아해 경계성 내향인이었던 것이다.

다만 혼자만의 시간은 그 무엇과도 견줄 수 없을 정도로 필요한 행복이 되었다. 어느 날 문득 누군가를 만나는 것이 너무 지친다면, 살벌한 현실에서 도망치고 싶다면 그날은 오로지 나를 위한 사색을 하거나 하루 종일 넷플릭스 시리즈를 보는 것은 어떨까? 하루를 허투루 보냈다는 후회일랑 하지 말고 스스로에게 시간을 선물로 주자. 마치 이번 주도 치열했을 나에게 주는 포상휴가처럼.

사랑이 아파
혼자이고 싶은 날들

2장

1

2월의 아쉬움, 3월의 설렘과 두려움 사이

경기도 양평이라는 소도시의 좁은 인간관계 속 늘 같은 하루의 반복인 삶을 살다가 서울로 대학을 가게 됐다. 한 번도 벗어나 본 적 없던 양평을 나선다는 건 내게 설렘보다는 두려움이 더 컸다. 거기다 초등학교 때부터 항상 함께했던 친구들과 헤어지고 새로운 사람들을 만나야 한다는 게 걱정되기도 했다.

친구들에게 이런 내 마음을 말하고 싶었지만 그럴 수 없었다. 다른 친구들은 대학이라는 새로운 경험을 한다는 것에 신이 나 있었다. 친구들에게 나만 홀로 남겨진 듯한 이런 복잡한 감정을 들키고 싶지 않았다. 겁쟁이로 보이고 싶지 않았던 것이다. 그래서 그저 나만 들을 수 있게 마음속으로 속삭이기만 했다. 새로운 곳에서 나와 마음 맞는 친구를 만날 수 있을까?

두려웠지만 해야만 했다. 입학 전부터 04학번들을 위한 신입생 카페에 새 글 알림 설정을 해놓고 알람이 울릴 때마다 들여다보고 열심히 댓글 달고, 혹시나 채팅방이 만들어지면 꾸준히 참여했다. 그래야 입학식 때 혼자라는 비극을 피할 수 있을 것 같았다. 정말 열심히 참여한 덕분에 몇몇 친구들과 친분을 쌓을 수 있었다. 더 이상 입학식이 걱정되지 않았다. 모든 준비가 완벽했으니까!

집 근처 기차역이었던 '아신역'에서 기차를 타고, 의정부 망월동에 있는 학교까지 통학하게 되었다. 왕복 4시간 거리였다. 내 뒤로는 동생이 둘이나 더 있었고 넉넉한 형편이 아니었기에 자취는 생각도 못 했다. 기숙사라도 있었으면 좋았으련만 기숙사도 없어서 오롯이 왕복 4시간을 통학해야 했다.

'추앙 신드롬', '구 씨 앓이'라는 말을 만든 〈나의 해방일지〉 드라마에 주인공 가족의 집이 딱 우리 집 모습과 같았다. 집에서 30분 거리의 기차역에서 내리면 길 양쪽 논에 벼가 한가득 심겨 있었다. 낮에는 바람에 나부끼던 나무에 숨어있던 매미가 시끄럽게 울었고, 밤에는 뻐꾸기와 개구리가 경쟁하듯 목청 높여 울었다. 버스는 1시간에 한 대가 있으면 자주 있는 편이었고, 그마저도 놓치면 2시간가량은 길에서 보내야 했기에 기차 문이 열리면 버스 시간에 맞춰 정거장에 도착하기 위해 한달음에 개찰구를 벗어났다.

아니, 그래도 그 드라마의 동네는 전철이라도 있었지, 나는 그 기차를 놓치면 2시간 뒤 통근기차를 타야만 했다. 그렇다면 지각을 하는 건 당연한 수순이었다. 이때부터였을 것이다. 유독 나는 시간 약속에 민감하다. 힘들게 3시간 전부터 준비해서 약속 시간에 겨우 맞춰 갔는데 늦는다면 정말 화가 날 일이다.

그렇게 3월이 되었다. 대학 입학식 날은 햇빛도 적당했고, 발 시린 추위가 크게 없던 정말 화창한 날이었다. 전날, 잠을 살짝 설쳤지만 이 정도면 컨디션은 괜찮은 것 같았다.

나와 같이 서울로 통학하는 친구들을 만나 경기도에서 서울로 상경(?)했다. 신입생이었던 우리는 머리에 웨이브를 넣었고 다소 어색하게 꾸미고 눈과 입은 기대 속 설렘을 대변해주듯 해맑게 웃고 있었다. 이리저리 굴리며 미세하게 흔들렸던 내 눈동자만이 그날의 솔직한 심경을 대변했다.

청량리역에서 지하철로 환승한 후 망월사역에 목적지가 같았던 이들과 함께 쏟아지듯 떠밀려 내렸다. 도착해서 카페 닉네임을 말하며 서로 인사를 나누었다. 알고 보니 서울에 살던 대학 입학 동기들은 벌써 친목 모임을 몇 번 가졌다고 했다. 입학 전부터 미리 친해지려고 노력했는데도 불구하고 이미 그들만의 울타리가 생긴 것 같았다.

분명 내가 비집고 들어갈 수 있는 무리가 있을 거라는 생각에 여기저기 둘러보았다. 나와 비슷한 친구가 있을지도 몰랐다. 만약 있다면 내가 손을 먼저 내밀리라! 마음속으로 다짐하고 눈에 힘을 빡 주고 둘러보던 내게 포착된 두 명의 친구. 눈웃음이 예쁘고 수수한 차림의 청량리 사는 혜원이와 서대문구에 사는 웃는 모습이 당당해서 멋있어 보이는 상희였다. 걱정 많은 내가 조심스럽게 내민 손을 그들은 흔

쾌히 잡아 주었고, 나도 그들 앞에서 솔직하게 활짝 웃을 수 있었다.

내 10대의 친구 관계는 아주 좁았다. 마음 맞는 친구 몇 명과만 교류했고, 더 이상의 친구를 만들지 않았다. 안 맞다 싶으면 쉽게 곁을 내주지 않았다. 반면에 내가 좋아하는 친구에게는 애정을 너무 쏟은 나머지 나의 일방적인 감정이 너무 깊어져 탈이 나곤 했었다. 너무 친구에게 매달리다시피 하다 보니 마치 내가 친구들보다 하위에 있다는 느낌을 받을 때도 있었고, 관계에 집착하는 나를 부담스러워하는 친구도 있었다. 그럴 때마다 어떻게 해야 하는지 알 수가 없어 혼란스러웠다. 그러면서도 혹시나 혼자가 되는 건 아닐까 두려워 고민하던 날이 많았다.

혼자 스트레스 받던 관계에 대해 '이 아이는 나와 같은 애정을 갖고 나를 생각해 줄까?', '이게 맞는 것일까?' 하고 의구심 가득했던 때도 있었다. 당시 나의 의아함에 대한 해답을 상희와 혜원이에게서 찾을 수 있었다. 그들은 친구를 아끼는 마음을 가지되 항상 자신이 먼저라는 우선순위가 있었다. 솔직하지만 예의 없지 않으며, 적당히 선을 지켰다. 상대를 무시하지 않으면서 적절한 조언도 좋았다. 덕분에 혼자 끙끙 앓던 생각의 고리를 끊었던 때도 있었다. 그렇게 그들에게서 얕지도, 그렇다고 깊지도 않은 올바른 어른들의 인간관계를 배울 수 있었다.

20살, 10대의 어린 나와 작별하며 새로운 환경에 설렘과 함께 도전했던 날들. 그리고 새로운 인간관계 구축으로 인한 두려움. 그 경험의 중심에 있던 두 친구. 나는 그때의 경험을 잊을 수 없다. 새로운 관계와 환경이 두려웠지만 새장 밖을 나왔기에 앞으로 일 보 전진할 수 있었다. 만약 좁은 새장 속에 그대로 남아 있었더라면 지금의 나는 없었을지도 모른다. 변화는 두렵지만 기대감과 항상 함께 온다. 상반되는 두 감정이지만 어느새 나는 그 감정을 즐기는 나이가 되었다. 또 다른 시작과 함께.

2

내 우정은 휴면 상태

"태풍은 열대 저기압부로 세력이 약해지면서 동해상을 빠져나갔습니다."

아침에 일어나자마자 전날 태풍이 어떤 위력을 펼쳤는지 궁금해 뉴스를 확인했다. 다행히 떠들썩했던 예보와는 달리 태풍이 조용히 지나갔다는 소식을 확인할 수 있었다. 혹시 모를 상황에 대비했던 마음과 함께 어깨의 긴장이 드디어 풀렸다. 아침을 먹고 움츠렸던 몸을 풀 겸 근처 공원으로 가족들과 산책을 나가기로 했다.

여름 끝자락, 초록 잎이 무성한 나무 사이로 흐르는 냇가의 소리는 경쾌하고 시원했다. 하늘은 요란스럽게 비를 퍼붓던 전날의 성난 모습을 아직 드러내며 아쉬운지 느린 듯 빠르게 이동하고 있었다. 강아지를 데리고 이리저리 뛰어다니는 남편과 신나 하는 아이들을 보니 '이런 것이 진짜 행복인가 보다.'라는 생각에 입가 가득 미소가 번졌다. 그러다 문득 가족이 전부가 된 내 모습에 흠칫 놀랐다.

한때는 가족보다는 친구가 먼저였던 시절이 있었다. 가족보다 친구들과의 대화가 더 즐거웠다. 가족과는 나누지 못하는 속 깊은 이야기도 나누며 친구들은 내게 큰 존재로 다가왔다. 아마도 2년간 엄마가 해외에 나가계시는 동안 그 부재가 깊게 느껴졌기 때문이리라. 내게 '가족'이라는 단어는 그리 따뜻한 느낌을 주지 못했다. 어떻게 보면 '결핍'이라는 단어가 더 잘 어울렸던 때였다. 그래서일까? 친구들에게 더 의지했다. 아니 집착했다. 답답한 공기가 가득한 집에 있기 싫어 매일 집을 나섰다. 엄마가 없을 뿐인데 집 안은 적막함으로 가득했다. 집에 있는 것은 내게 너무 큰 상실과 고통이었다. 어떻게 해서든 약속을 만들어 친구들을 만나려고 했다. 그렇게 매일 친구를 만났고, 엄마가 돌아왔을 때도 습관처럼 가족보다는 친구들을 찾았다.

나의 사정을 잘 아는 친구들은 고등학교 때부터 절친하다 생각했던 친구 5명이 있다. 친구 2명은 성남에서 대학을 다녔고, 2명은 서울에서 학교를 다녔다. 그중 1명은 직장인이었다. 5명 중 오직 나만 뚝 떨어져 의정부에서 대학을 다녔다. 왠지 외톨이가 된 느낌에 불안해져 친구들에게 만나자고 자주 연락했다. 친구들이 보고 싶고 궁금하기도 했지만 나 혼자 소외되는 기분을 떨쳐버리고 싶었다. 그럴 때마다 친구들을 더 졸라 억지로 시간 약속을 정해가며 만났다.

그러던 어느 날, 친구들 중 누구도 나에게 먼저 안부를 물어오는 날이 거의 없다는 것을 알게 되었다. 늘 내가 아쉬워 친구들에게 먼저 만남을 제안하는 상황에 조금씩 섭섭해지기 시작했다.

'왜 항상 내가 먼저 연락을 하는 걸까? 너희는 내가 궁금하지 않은 걸까?'

슬픈 건지 화난 건지 분간이 안 되는 표정으로 진동도 없는 조용한 핸드폰을 들여다봤다. 역시나 오늘도 나를 먼저 찾지 않는 친구들이었다. 그랬다. 나는 여전히 옛 친구들의 잔흔을 붙들고 흩어지지 않으려고 안간힘을 쓰고 있었다. 대학생이라는 새로운 환경 속에서 자연스럽게 멀어질 수도 있고, 새로운 관계를 만들어가면서 바빠질 수 있다는 사실을 알지 못했다. 아니, 알면서도 어쩌면 인정하지 못했던 것일지도 모르겠다. 그들도 나처럼 가족보다, 아니 어쩌면 더 가까운 사이로 나를 정의했을 것이라고 혼자서 지레짐작했다. 실수였다.

지금 생각해 보면 친구들은 그런 내가 부담스러웠을지도 모르겠다. 대학교 생활도 적응해야 하는데 자꾸만 옛 친구가 보자고 하니 귀찮았을지도 모른다. 더군다나 한 친구는 가끔 나의 험담을 했던 것 같기도 했다. 친구 둘이 무언의 대화를 나누던 시선 끝에 나를 바라보던 눈빛에서 짜증이 느껴졌다. 그럴 때면 무슨 일인지 묻기보다는 그들이 싫어하는 대답을 일부러 할 때도 있었다. 일부러 엇나가고 삐뚤어진 말을 했다. 마음속으로 이렇게 외치면서 말이다. '너네 뭐야? 무슨 얘기를 한 거야? 아 몰라! 될 대로 돼라!' 자격지심으로 똘똘 뭉쳐 상상하고 혼자 화가 나 아무렇게나 말했다. 이런 나의 생각으로 친구들과의 관계가 엉망이 되기 시작했다.

20대 후반이 되니 슬슬 지치기 시작했다. 이런 관계가 싫어 친구들이 밉기도 했고, 나만큼 생각해주지 않아 화가 나기도 했다. 그렇다고 친구 사이를 손절하며 정리하고 싶었던 것은 아니었다. 다만, 줄곧 내 쪽으로 당기고 집착하며 유지했던 관계에서 친구들과 나 사이에 힘의 균형을 균등하게 바꾸고 싶었다. 그즈음 나는 결혼해서 통영으로 삶의 터전을 옮기게 되었다.

실질적인 주거지역의 거리만큼 조금씩 친구들에게 의지하던 마음은 사그라졌고, 자연스레 적정한 거리를 유지할 수 있게 되었다. 내 인생의 주요 인물이 친구에서 나와 남편이 꾸린 '우리의 가족'으로 자연스럽게 넘어갈 수 있게 되었다.

싸우면서 끊어내는 관계가 아닌 SNS 속 서로의 사진을 보며 소통하거나, 가끔 우스갯소리로 전체 카카오톡 대화방에서 만나 수다를 떠는 관계로 바뀌었다. 가벼운 마음이었고, 가볍게 소통할 수 있는 정도의 적정한 거리였다. 그렇게 우리의 우정은 자주 보는 사이가 아니더라도 이따금씩 상자 속 10대 시절 추억을 꺼내 공유하며 농담을 나눌 수 있는 사이가 되었다. 우리의 관계는 매일 안부를 묻지 않아도 서로가 문득 궁금해지면 쉽게 로그인이 되는 휴면상태가 되었다.

마흔이 다 되어서야 철이 든 나는 관계에 집착하지 않는다. 무조건 만나야 하는 관계만이 진정한 우정은 아니다. 내가 묻지 않아도 먼저 친구들이 안부를 물어와야 한다고도 생각하지 않는다. 관심의 척도는 그렇게 정해지지 않는다. 가볍지만 그렇다고 너무 가벼운 관계는 아닌, 무겁지만 너무 무겁지 않은 그냥 그 정도의 거리. 그런 적당한 거리는 건강한 관계를 만들어준다. 나는 나와 친구들이 그저 별일 없이 어제와 같이 오늘도 내일도 행복하길 바랄 뿐이다.

3

사랑에 조건이 있나요?

"어떤 사람을 사랑해야 덜 아플까요?"

사랑의 아픔이 아직 가시지 않아 힘들어하던 26살 막내 직원이 퇴근길에 슬픔이 짙게 밴 질문을 해왔다. 요즘 들어 도통 일에 집중하지 못하고 핸드폰만 만지작거리던 그녀였다. 겉으로는 괜찮다 했지만 매일 술 약속이 잡히는 것을 보면 괜찮지 않은 것이 분명했다. 그러던 그녀가 나에게 갑자기 물어온 것이다.

상처받은 사람에게 가벼운 말을 해주고 싶지 않아 3초간 뜸을 들였다. 그녀는 대답을 기다리는 눈으로 나의 눈과 입을 바라보고 있었다.

"내가 웃을 때 같이 웃는 사람은 나를 결코 힘들게 하지 않아."

이윽고, 그 말의 무게와 온도가 적당했는지 나에게 두었던 시선을 거두고 본인의 이야기를 들려주기 시작했다.

사랑이라 믿었던, 한때는 전부였던 남자는 자신이 힘들 때 누구도 쉽게 꺼낼 수 없는 깊이의 동굴 속으로 잠수를 탔다. 동굴 밖에서 제발 전화 좀 받으라고 소리쳐도 본인의 시간이 끝나기 전까지는 결코 모습을 드러내지 않았다. 기다리다 지쳐 만남을 정리하려 할 때 어느 날 갑자기 꽃을 들고 집 앞으로 찾아와 "연락 못 해서 미안해. 사랑해."라는 말을 홀리듯 속삭이며 안아줬다. 여자는 화가 났지만 멀쩡하게 눈앞에 나타나 있어 주는 것만으로도 충분히 괜찮다고 생각했다. 남자는 여자를 안심시키기 위해 다시는 그러지 않겠다고 밤새 맹세하듯 다짐했다. 하지만 여전히 여자는 이런 만남이 불안했다.

여자는 남자의 사랑을 눈으로 확인하고 싶었다. 꽃이 피면 꽃들 사이에서 사랑스러운 서로의 모습을 보고 싶었고, 여름이면 뜨거운 태양 아래 즐거운 모습을 사진으로 찍어 매 순간의 행복한 감정을 남기고 싶었다.

안타깝게도 여자의 생각처럼 주말마다 움직이기엔 남자의 일은 너무 고된 업무였고, 쉬는 날에는 그저 쉬고 싶은 마음뿐이었다. 주말마다 놀러 갈 기대에 부푼 그녀에게 집 데이트를 했으면 했고, 그때마다 여자는 제대로 된 데이트가 아니라는 생각이 들어 볼멘소리를 했다. 좁혀지지 않는 입장 차이.

서운한 마음은 오해를 만들었고, 오해는 싸움으로 이어졌다. 싸움이 힘들었던 것일까? 자신의 상황이 견디기 힘들었던 것일까? 남자는 여자를 행복하게 해줄 자신이 없다는 말과 함께 또다시 잠수를 선택했다. 대화를 통해 풀어나가고 싶은 여자는 남자의 동굴 앞에서 또다시 나오라고 소리쳤지만 돌아오는 것은 비참한 메아리뿐이었다. 여자는 작은 기별조차 없는 남자의 잠수에 점차 지쳐갔다. 여자는 결국 자포자기해서 이별을 준비했다.

저 혼자 마음이 풀린 남자는 항상 그랬듯이 시간이 흐른 뒤 여자에게 다시 돌아왔으나 여자는 이미 남자에게 마음이 닫힌 상황이었다. 남자가 아무리 두드려도 여자는 더 이상 그를 받아주지 않았다.

그들의 이별 얘기가 끝난 후 눈가가 촉촉해진 막내 직원에게 적당한 위로의 말이 떠오르지 않아 조용히 등을 쓸어주었다. 남자의 욕을 바라고 한 말은 아닌 것 같아 나지막이 "힘들지만 잘 이겨 낼 수 있을 거야."라는 응원의 말을 해주었다. 그렇게 한참을 조용히 있다가 헤어졌다.

이들의 이별은 누구의 탓도 아니었다. 그저 성향 차이, 환경 차이로 빚어진 트러블이었다. 힘들 때 혼자 생각 정리를 해야 하는 남자와 서로 소통하며 의견을 나눠야 힘든 일이 해결되는 여자. 집에서 조용히 재충전을 하는 남자와 바깥 활동에서 에너지를 얻는 여자. 서로 너무 다른 성향의 두 사람은 서로를 이해하지도, 이해받지도 못했다.

물론, 함께하던 순간은 행복하고 즐거운 시간이었음은 분명하다. 하지만 그 시간은 잠시뿐이었다. 안타깝게도 둘의 신뢰는 사소한 트러블조차도 뛰어넘지 못할 만큼 약했다. 서로 다른 세상 속에 살고 있었던 것이다. 여자는 연락 없이 잠수를 타버리는 남자가 주는 애정의 크기를 알 수 없기에 의심했다. 그래도 이해해보려고 노력했지만 기약 없는 기다림은 사람을 지치게 만들어 결국 마음의 빗장을 걸어 잠그게 만들었다. 이는 노력한다고 해결될 문제가 아니다. 막내 직원은 그 사람과 2년 뒤 결혼까지 생각했었다고 했다.

주변 사람들은 그녀에게 더 깊어지기 전에 이별한 건 잘된 일이라고 위로했고, 나 역시도 그랬다. 지금은 '사랑'이 '이별'로 바뀌면서 슬픈 감정에 빠져 보이지 않겠지만, 감정이 가라앉고 객관적인 시선으로 바라볼 수 있을 때쯤 알게 될 것이다. 서로 너무 달랐다는 것을. 달라도 이해 가능한 범위가 있고, 그렇지 않은 범위가 있는데 둘의 성향은 이해를 넘어선 관계였다는 것을.

사랑에 조건이 있는 건 아니다. 하지만 오래오래 행복하려면 결이 같은 사람을 만나 서로 맞춰가야 한다. 서로의 일상을 묻지 않아도 미리 알려주고 공유하며 소통하는 사람. 연락이 없으면 나를 궁금해하는 사람. 함께 있으면 그저 웃음이 나는 사람. 내가 웃을 때 함께 웃는 사람. 나 혼자 노력하는 것이 아닌 함께 관계를 유지하려 서로 노력하는 사람은 행복하다.

4

뜨거운 안녕 (환승이별 VS 잠수이별)

2013년 8월. 그해는 너무 더웠다. 인도를 걸을 때면 길 위에서 녹을 것처럼 내 몸도 뜨겁게 달궈졌다. 아스팔트 위에서 나실나실 피어오르는 아지랑이가 꼭 펄펄 끓는 냄비 위 수증기처럼 보일 지경이었다. 땀이 잘 나는 편이 아니라 그런지 내 몸은 너무 뜨거웠다. 은행을 가는 10분이라는 잠깐의 시간이 어찌나 더운지 냉해 알레르기가 있어 추운 걸 극도로 싫어하는 내가 나도 모르게 겨울이 얼른 왔으면 좋겠다고 생각했다. 나에게 뜨거운 여름과 추운 겨울은 고를 수 없는 극도의 싫음이었다.

나에겐 2번의 이별이 있었다. 근데 참 우습게도 남들이 최악이라 떠들어대던 환승이별과 잠수이별을 모두 경험했다. 누군가 환승이별과 잠수이별, 둘 중에 뭐가 더 좋았냐고, 아니 뭐가 더 싫었냐고 물어본다면, 둘 다 정말 최악이라고 말한다. 우열을 가리기 힘들 정도로 나라는 사람을 참 비참하게 만들었던 이별들이었다. 남겨진 사람에 대한 배려가 없는 무시당한 기분이라고 할까?

차라리 차였다면 피해자 코스프레라도 하며 주변에 눈물의 호소라도 하겠는데, 이건 뭔가 자존심이 짓밟힌 느낌이었다. 연애경험 3번 중에 2번의 이별이 이런 식이었다니 좀 창피하지만 두 이별에 대해 말해 보려 한다.

먼저, 환승이별이다.

고등학생 때 내게도 사랑이라고 말할 수 있는 남자친구가 있었다. 시답지 않은 농담도 함께하면 까르르 웃을 정도로 재미있었고, 함께하는 모든 순간들이 즐거웠다. 그저 좋았기에, 당연히 대학에 가서도 함께할 것이라고만 생각했다. 서울을 관통해야만 만날 수 있는 경기도 동서지역으로 나뉘어 대학을 갔지만 우리의 사랑은 영원할 줄 알았다. 남들은 다 어렵다 했지만 우리는 할 수 있다 생각했다. "눈에서 멀어지면 마음에서도 멀어진다는 건 다 헛소리야. 우리는 절대 그렇지 않다는 것을 제대로 보여주자고!"라며 서로 꿀 떨어지는 다짐을 했다. 갓 스무 살이 되었던 그때는 몰랐다. 새로운 환경에서 새로운 경험을 하고 새로운 사람들을 만나면서 자연스럽게 우리의 마음도 변하게 될 것이라는 것을 그때는 알지 못했다.

역시나 우리의 예상과 달리 같은 경기도라고 하지만 수원과 의정부 사이에 있는 서울을 관통해서 만나기란 쉽지 않았다. 더군다나 엄격한 우리 집에서는 외박은 꿈도 못 꿀 일이었기에 왕복 4시간이 넘는 거리를 당일치기로 만나기란 여간 어려운 게 아니었다. 게다가 20살, 미러볼처럼 반짝반짝 빛나는 나이에 성인으로서의 자유를 얻은 기쁨과 각종 신입 행사는 우리의 마음을 설레게 했다. 어느 순간, 남자친구는 자주 못 보는 나보다 친구들과 놀고, 밤마다 갖는 술자리를 더 즐거워하기 시작했다. 결국, 신입생 환영회 때부터 알고 지낸 여자아이와 자주 만나면서 점점 마음이 옮겨 가게 되었다.

그 사실을 처음 알게 되었을 때 배신감에 온몸이 부들부들 떨렸다 친구와 만날 수는 있다. 그렇지만 서로 다짐한 지 몇 달이 되지도 않았는데 새로운 사람에게 호감을 갖다니! 있을 수 없는 일이라고 생각했다. 그렇다고 매달리고 싶지는 않았다. 오히려 내가 먼저 대차게 차버렸다. 남자친구는 내게 울면서 매달렸지만 받아주지 않았다. 많이 아팠으면 하는 마음에 더 냉정하게 이별을 고했다.

얼마 지나지 않아 새 여자친구가 생겼다는 소식을 들었다. 당연히 그때 그 이별의 발단이 되었던 여자겠지. 생각할수록 배신감이 밀려왔고, 화가 나면서 슬펐다. 한때 남자친구였던 그 아이에게 나는 이별의 애도 기간이 필요 없던 존재였나 싶었다. 그렇게 버스 환승하듯 그 아이는 나를 떠났다.

나는 대학에서 설레는 새로운 사랑을 시도해볼 생각조차 해 보지도 못했는데 저 혼자서 새 출발을 하며 행복해하는 모습을 상상하니 분했다. 매일 통학하는 기차에서 청량리에 도착할 때까지 1시간 동안 구석에 앉아 울면서 학교를 다녔다. 아무리 울어도 눈물은 메마르지 않았다. 고등학교 시절 친구들 앞에서도 다 드러낼 수 없던 감정을 솔직하게 표현할 수 있는 유일한 존재였다. 힘들 때나, 즐거울 때나, 늘 가장 가까운 곳에서 위로해주고 웃어 주던 아이였는데. 다시는 함께할 수 없다는 사실이 너무 아파 숨을 쉴 수 없을 정도였다. 가슴 한쪽이 통째로 떨어져 나간 것만 같았다. 영원히 함께 할 줄 알았는데 이렇게 빨리 쉽게 변할 것이라 생각지도 못했기에 더 아팠다.

하지만 내 아픔을 누구에게도 보여주고 싶지 않았다. 슬픔은 나 혼자만 간직하고 싶었다. 누군가 옆에 있으면 눈물은 깊이 숨기고 쿨한 척, 대수롭지 않은 척, 이렇게 된 게 잘한 이별인 척 행동했다. 그즈음 연락을 자주 하던 친구들에게조차 이별의 슬픔을 솔직하게 말할 수 없었다. 왠지 말하면 '남자에게 가차 없이 차인 루저'가 되어 버릴 것만 같았다. 그 당시 우리의 사랑은 다른 사람들의 입방아에 오르락내리락할 정도로 쉬운 게 아니었는데 가볍게 치부될 것 같아 두려웠다.

이별의 아픔에 대해 솔직할 수 없었던 감정은 겹겹이 쌓여 분노로 변질되었고, 그 친구의 험담은 술안주가 되어 올라왔다. 그렇게 좋았던 추억마저 나의 입을 통해 변색되고 말았다. 그 무렵 서울로 같이 대학을 다니던 친구들도 사랑을 하고, 이별을 경험했다. 친구들은 기차 안에서 무용담을 풀 듯 서로의 이별 이야기를 했다. 그러면서 곧 새로운 만남을 가질 수 있을 것이라며 너스레를 떠는 친구들 사이에서 나 혼자만 지나간 풋사랑에 미련이 남았다고 말하지 못했다.

내 감정을 제대로 다스리지 못해서였을까? 차라리 실컷 울고, 실컷 화내고, 실컷 소리 지르고 내 감정을 있는 그대로 받아들였다면 나았을지도 모르겠다. 친구에게 모두 털어놓고 온전히 위로받았다면 어쩌면 스무 살 그해, 강력하지만 짧게 이별의 아픔을 훌훌 털어냈을지도 모른다. 그렇게 배신감에 찌든 아픈 상처는 계속해서 내 가슴속 깊이 남아 없어지질 않았다.

두 번째 잠수이별 이야기다.

23살, 대학 졸업 후 첫 사회생활을 할 때, 사촌오빠가 소개팅을 제안했다. 당시 사촌오빠는 직업군인으로 중대장이라는 직책을 맡고 있었는데, 후배였던 소위를 소개시켜 준다는 것이었다. 키가 183cm라는 말에 일단 통과였다. 성실하고 얼굴도 잘생겼다니 아묻따 통과! 그전 환승이별 놈은 173cm였으니까 그 정도면 거꾸로 가는 외모는 아니었다.

바로 소개팅 약속을 잡았고, 며칠 뒤 종로에서 만날 수 있었다. 첫인상도 합격이었다. 사촌오빠의 말이 맞았다. 키도 크고 준수한 외모였다. 눈을 잘 못 맞추는 것도 순수해보였다. 업무상 전화를 받던 목소리도 나쁘지 않았다. 비흡연자라는 것도 좋았다. 왠지 자기관리를 잘하는 사람처럼 보여 멋있었다.

그렇게 강원도 양구에서 근무하던 그 사람과 이른 봄 연애를 시작하게 되었다. 고향은 전라도인데 직업군인이 되면서 강원도에 올라오게 되었다고 한다. 그의 가정환경은 좀 우울한 편이었다. 젊은 날의 아버지는 술버릇이 고약했다. 술만 마시면 폭력적으로 변했고, 어머니는 견디다 못해 어린 남매 둘을 남기고 떠났다고 한다. 겨우 2살 많은 누나가 어린 남동생인 그를 돌봐야 했고, 덕분에 유년 시절을 제대로 즐기지 못했다. 아버지는 그 모습을 보고 자책하면서 더 많은 술을 마셨다. 몇 년 후, 정신을 차리고 두 남매를 제대로 보살피기 시작했지만 그 몇 년간의 아픔은 씻을 수 없었다.

그는 내게 덤덤히 자신의 어린 시절 이야기를 들려주었다. 그의 유년 시절이 안쓰러웠다. 워낙 깔끔하고 예의 바른 사람이라 바르게 잘 큰 사람인 줄 알았다. 거기다 워낙 잘 웃어서 내면에 깊은 상처 있었을 거라곤 생각 못 했다. 그 슬픔을 내가 온전히 안아 줄 수 있을 것이라 생각했다. 하지만 나의 능력으로는 역부족이었나 보다. 그해, 여름 끝 무렵의 데이트를 끝으로 연락이 끊어졌다.

분명 만남 내내 좋았고, 어떠한 느낌도 받지 못한 채, 웃으며 헤어졌는데 연락이 되지 않았다. 무사히 양구에 도착한 것인가? 혹시 사고가 난 것은 아닌가? 온갖 안 좋은 생각을 하며 여러 차례 문자를 보내고 전화를 했다. 하지만 대답 없는 메아리처럼 내 핸드폰은 조용했고, 그날 그렇게 아무런 소식을 들을 수 없었다. 불안했던 긴 밤을 보내고, 혹시나 하는 마음에 싸이월드에 접속해 그의 흔적을 찾았다. 그의 친구들의 SNS를 파도타기 해서 겨우 찾은 그 사람의 모습을 보고 충격을 받았다.

그는 멀쩡하게 도착해서 밝게 웃고 있었다. 안도의 한숨과 함께 화가 치밀었다. 이건 이별인가, 그냥 씹힘인가? 생각 정리가 되지 않았다. 머릿속은 뒤엉킨 것처럼 삐걱거리며 정상적인 사고를 하지 못했다. '이렇게 웃으며 사진 찍을 여유는 되면서 왜 문자 하나 전화 한 통 없는 것일까?' 어이가 없었다. '그럴 거면서 인형은 왜 사주고 간 거지? 혼자 준비한 마지막 선물이었나?' 생각은 꼬리에 꼬리를 물었다. 자존심이 상했다. 내가 왜 이별 통보 없는 이별을 혼자 맞이해야 했는지 이해가 되지 않았다.

매달리다 버림받은 듯한 찝찝한 마음은 잊을 만하면 생각나고 잊을 만하면 이기적인 그 사람을 생각하면서 분노했다. 그렇게 두 달이라는 시간이 흘렀고, 그동안 그는 내게 아무런 연락을 하지 않았다. 우리는 마침표 없이 말 줄임이라는 표식으로 그렇게 헤어졌다.

두 사람 모두 내게는 진짜 사랑이었다. 그 첫 떨림을 아직도 잊지 못한다. 그냥 그 사람과 함께하는 모든 게 좋았다. 보고 있어도 보고 싶었고, 잠시 떨어져 있으면 보고 싶어 안달이 났다. 두 손을 잡은 그 순간에는 주변에 모든 사람들은 조연이 되었고, 그 중심엔 주인공인 우리가 있었다. 어쩌면 그 사랑이 오래도록 지속될지도 모르겠다는 착각을 했다. 하지만 언제 끝났는지도 모르게 사랑이라 믿었던 두 사람은 미처 내가 준비하기도 전에 나와의 끝을 생각했고, 두 이별은 모두 내게 지울 수 없는 흉터를 남겼다.

물론, 느리지만 시간이 해결해준다는 말처럼 시간은 어김없이 지나갔고 잊혔다. 단지, 자존심이 짓밟힌 이별 따위에 상처받지 않은 척, 애써 밝은 척 연기하던 내가 타인의 위로가 부담이 되어 진짜 슬픔을 밖으로 보이기 어려웠다. 그리고 혼자 이겨내려 아등바등하던 그때의 내가 안쓰러울 뿐이다.

누구의 이별이든 '이별'이라는 단어만으로도 가슴 시리게 아프다. 어차피 헤어져야 한다면 좀 더 기승전결이 있어 준비 가능한 헤어짐을 하고 싶다. 환승이별도 잠수이별도 남겨질 상대에 대한 배려가 전혀 없는 이별이었다. 그들은 비겁했고, 나는 비참했다.

내가 받을 상처를 배려 받았다면 절망적이었던 나의 이별 모드는 조금은 짧지 않았을까?

6

가족이라는 이름의 상처

남편과 아이들이랑 밥을 먹고 아파트 근처 공원을 산책할 때였다. 주황색 가로등이 몇 번 반짝거리더니 이내 불이 꺼졌다. 주변엔 건물들이 없어 곧 새까맣게 어두워졌고 아이들은 무섭다며 소리쳤다. 어둠 속에 적응되기 전까지 앞이 보이질 않아 더 무서웠는지 아이들은 남편과 나의 손을 더 꼭 잡았다. 옆에 엄마 아빠가 있다는 사실에 안심했는지 이내 조용해졌고, 핸드폰 불빛에 의지해 걸었다.

아이들에게 부모는 하늘이다. 부모가 어떤 사람이든 오롯이 믿고 따른다. 아이들이 무섭고 두려울 때 의지할 곳은 부모뿐인데 나는 오늘도 퇴근할 때 놓고 오지 못했던 짜증을 아이들에게 퍼부은 터라 더 미안해졌다. 미주알고주알 오늘 있었던 일에 대해 할 말이 많은 아이들한테 얼른 씻지 않고 말장난부터 한다며 화부터 냈던 것이다. 사실은 안 씻어서 화났던 게 아니었다. 밖에서도 집에서도 내 생각대로 되지 않는 것들에 짜증이 났다. 그런 사실을 알 턱이 없는 아이들에게 씻는 게 뭐 그리 대수라고 심하게 화를 냈던 건지. 그 순간은 스스로 이성적인 제어가 되지 않아 버럭 화를 내었다.

내가 부모에게 느꼈던 씁쓸함을 나도 모르게 아이들에게도 대물림하고 있었다. 내가 그렇게 싫어하던 아빠의 모습처럼 눈을 커다랗게 뜨고 아이를 지나치게 감정적으로 몰아붙였다. 아빠의 모습이 내게서 보이는 것 같아 정신 차리려 고개를 세차게 저었다. 정신을 차렸을 땐 이미 아이는 상처받은 눈을 하고 내 눈을 피하고 있었다. 그러지 말았어야 하는데 내가 또 아이에게 상처를 줬다 생각하니 미안하다 못해 괴로웠다. 10분 정도 지났을까? 서로 다른 공간에서 감정이 좀 가라앉았을 때 아이를 불러 안아주며 좀 전의 모습에 대해 사과했다.

공원을 걸으며 또 한 번 다짐한다. '아이에게 나의 부정적인 감정을 나눠 주지 말자.' 곧 내 감정은 미안함에서 죄책감으로 바뀌어 새로운 가로등이 나올 때까지 아이들의 손을 놓치지 않으려는 듯 맞잡은 손에 힘이 들어갔다.

몇 년 전 남편과 함께 영화 〈기생충〉을 봤다. 송강호 가족의 집이 나오는 장면에서 어쩐지 낯설지 않아 웃을 수 없었다. 반지하 집을 보며 문득 내가 살았던 집이 떠올랐다. 뜨거운 물이 나오지 않아 겨울이면 엄마가 가스불로 물을 데워줘야 씻을 수 있었고, 변기의 수압이 낮아 한 칸 높이 달아놓았다. 햇빛이 반도 들어오지 않아 낮에도 불을 켜야만 했고, 환기가 필요해 열었던 창문에는 바삐 움직이는 사람들의 다리와 자동차 바퀴만 겨우 보였다. 일 나간 엄마를 대신해 동생들과 간장 계란 밥을 먹겠다며 싱크대 하부 장을 열었는데, 바퀴벌레 떼가 놀래 사사사 흩어졌던 기억은 그 집의 쾌쾌한 냄새마저도 떠올리게 했다.

우리 삼 남매 가족의 행복했던 33평 13층 아파트 생활이 마치 신기루 같았고, 순식간에 15평 남짓 반지하로 쿵 내려앉았다. 엄마, 아빠의 자존감 역시 빠른 속도로 나락으로 떨어졌다. 아빠는 매일이 서글펐다. 그 서글픔이 맥주만 좋아하던 아빠의 주종을 소주로 바뀌게 했다. 맨정신으로 일찍 퇴근하는 날보다 취해서 들어오는 날이 많았다. 어른이 된 지금 생각해 보면 어떤 일이 있었기에 우리 아빠가 저렇게 힘들었을까 싶지만 그때만 해도 아빠의 감정보다는 취한 아빠에게 혹시나 억지스러운 꼬투리를 잡히면 안 된다는 생각에 잠들기 전 아빠의 발걸음 소리가 들릴까 노심초사했다.

그런 우리의 모습이 안쓰러웠던 것인지, 술 취한 아빠에게 짜증이 난 것인지 엄마는 아빠에게 화를 냈고, 우리 앞에서 소리 지르며 자주 싸웠다. 좁은 집에서 두 분의 싸움 소리를 피할 곳이 없어 그대로 다 들어야만 했기에 우리는 늘 불안했다. 아빠가 무서워서 숨을 수도, 그렇다고 가만히 있을 수도 없었다. 어린 우리는 어찌 할 바를 모른 채 눈치만 봤다.

엄마가 한숨 쉬면 조금이라도 웃게 해주려고 온갖 우스

짱스러운 표정을 지어 보였다. 엄마는 그런 나를 보며 더 크게 한숨을 쉬셨다. 그러고는 혼자 있고 싶다고 말하고 힘없이 돌아섰다. 엄마의 등을 보며 어린 나는 엄마가 우리를 떠나 미국 외할머니 댁으로 가는 것은 아닌지 두려워져 뒤에서 엄마를 꼭 끌어안았다. 마치 엄마를 절대로 놔주지 않겠다는 듯 말이다. 우리 가족에게 15평 반지하는 작은 창에서 새어 나오는 빛조차 허락되지 않아 앞을 내다볼 수 없는 그런 어두움이었다.

그렇게 힘들게 버티던 우리는 더 이상 버틸 힘이 없어 서울에서의 생활을 내려놓고 경기도 양평 외삼촌의 비어있던 옛집으로 튕기듯 떠나오게 되었다. 아빠에게는 별명이 하나 있었다. '삼각지 황 사장' 한때 이렇게 불리며 어디서나 대접을 받고 살았던 아빠가 쫓기듯 양평으로 갔으니 얼마나 자존심이 상했을까? 그 자존심을 내려놓기까지 꽤 오랜 시간이 걸렸다.

서울에서 내려온 '황 사장'에 대해 호기심 많았던 양평 토박이 아저씨들은 술 한잔하자며 아빠를 불러냈다. 당시 아빠도 어린 내가 했던 것처럼 새로운 환경에 적응하기 위해 친구를 만들려고 노력했다. 아빠의 무던한 노력에도 불구하고 거센 동네 텃새에 피 터지게 싸우기도 했다. 망해서 온 아빠를 무시하는 사람들도 있었다. 그때마다 아빠는 잘나가던 때를 안주 삼아 인사불성에 가깝게 술에 잠겨 집에 돌아왔다. 우리 삼 남매는 그 불똥이 튈까 두려웠고 결국, 그날도 어김없이 우린 아빠의 분풀이 대상이 되었다.

아빠는 밖에서 해결 못 한 부정적인 감정을 본인보다 약한 우리들에게 쏟아내기 시작했다. 왜 이 화를 내가 받아야 하는지 이해할 수가 없었다. 자신보다 강한 사람들에게는 하고 싶은 말의 반도 못 하면서 우리에게 모든 화를 내뿜는 아빠. 사소한 일로 꼬투리를 잡고, 화풀이하며 이유 없이 화내는 모습에 우리는 항상 불안했다. 집은 우리 남매에게 안정감을 주는 곳이 아니었다. 언제 터질지 모르는 일촉즉발의 긴장감 속에 가족은 서로에게 예민해져 갔다. 그렇게 나는 청소년기에 접어들었고, 불안해하던 우려가 현실이 되었다.

오빠들 품에서 곱게 자란 엄마는 아빠 대신 독하게 마음먹고 식당일을 하며 우리를 먹여 살렸다. 그렇게 5년을 버텨온 어느 날, 엄마는 혼자만의 수입으로는 하루 벌어 하루

먹기에 급급하다는 생각에 다른 일을 찾기 시작했다. 그때 미국 외삼촌이 엄마에게 오라고 했고, 엄마는 어차피 똑같은 시간을 일해야 한다면 돈의 가치가 더 높은 미국에 가야겠다고 결심했다. 미국에 가서 돈 벌어오겠다며 수심 가득한 얼굴로 우리에게 말하고는 며칠 후 혼자 짐을 꾸려 출국했다.

엄마가 없는 집은 우리 삼 남매에게 텅 빈 집이었다. 엄마는 돌아온다고 했고, 우리의 미래를 위해 다녀오겠다고 했다. 그 말을 등불 삼아 엄마를 기다렸다. 그때가 17살, 고등학교 1학년 때다. 내게 가장 어둡고 축축한, 불빛 한 점 없는 터널에 갇힌 시기였다. 아빠는 여전히 매일 술을 마시고 집에 와서 억지스러운 잔소리를 했다. 혹시나 엄마가 없어 엇나가진 않을까 싶어 하는 말이라고 하기엔 날카롭고 아픈 잔소리였다. 아빠의 말은 비수가 되어 가슴에 꽂혀 매일 상처투성이로 견뎌내야만 했다.

17살, 아직 어린 나이였지만 주변 사람들은 엄마 없는 집에서 맏이였던 내가 가장 노릇을 해야만 한다고 했다. 고작 1살 차이로 언니가 되었을 뿐인데 사람들의 기대는 내 어깨에 많은 짐을 지우고 있었다. 갑갑한 현실이 싫었지만 미국에서 매일 집으로 전화해서 안부를 묻는 엄마가 슬프지 않도록 책임감 하나로 두 동생을 돌보았다. 다행히 동생들은 나보다 더 잘 지내주었고, 우리는 부족한 용돈을 알바를 해서 충당했다. 어린 나이에 알바를 한다고 해서 얼마나 벌겠는가? 그래도 그 돈으로 부족함 없이 필요한 것들을 충당해 나가며 삐뚤어짐 없이 공부도 곧잘 했다. 조금은 힘에 부쳤지만 각자의 위치에서 엇나가지 않으려고 최선을 다했다. 책임져야 할 동생이 둘이라서 힘들었지만 우리가 셋이라서 오히려 든든하기도 했다. 미국을 떠나기 전 엄마가 보여준 책임감을 배신할 수 없다는 것은 삼 남매의 같은 생각이었을 것이다. 그렇게 2년을 버티자 엄마가 돌아왔다. 내 청소년기의 불안의 불씨는 엄마의 귀국과 함께 꺼져버렸다.

무사히 고등학교를 졸업하고, 성인이 되어보니 다른 집의 사정은 우리 집과 많이 다르다는 것을 알게 되었다. 우리는 행복하지만 행복하지 않았고, 다른 집 아빠들의 울타리와 달리 우리 집의 아빠라는 울타리는 가시덩굴로 만들어졌다는 것을 알게 되었다. 그 가시덩굴에 찔릴까 조마조마했던 삼 남매는 밖에서는 허용되는 것들이 집에서는 허용되지 않는다는 듯이 서로에게 잣대를 높여 예민하게 굴었다.

다른 가족들과는 분위기가 사뭇 다르다는 것을 알고 나서부터 무엇인가 잘못되었다는 것을 인지하게 되었다. 바꾸고 싶었다. 우리도 남들처럼 아늑한 집이길 바랐다. 어디서부터 우리 가족이 변화해야 할까? 고민스러웠지만 나 혼자만의 노력으로는 어려웠다. 그러다 문득 새삼스레 아빠가 어릴 때 나에게 했던, 상처 준 행동들에 대해 사과받고 싶었다. 어떻게 풀어나가야 할지 몰라 그저 아빠가 하는 말에 하나하나 따지면서 대들었다. 그때마다 중재 역할을 하며 괴로워하는 엄마를 보니 더 이상 이렇게 살 수 없을 것 같았다. 엄마를 위해 독립하기로 마음먹었다. 내가 집을 나가겠다고 말하자 아빠는 그런 나에게 "촉새 같다."라며 상처를 주었다. 거기서 그 말이 왜 나오는지 알 수 없었다. 나는 그저 사과받고 싶었을 뿐인데. 25살, 직장인이 되어서까지 그 말을 듣게 되니 도저히 참을 수 없어 아빠와 단둘이 있을 때 내 진심을 담아 말을 했다.

"아빠. 내가 왜 촉새라는 말을 들어야 하는지 모르겠어. 아빠가 그런 말을 할 때마다 상처가 되니까 이제 다시는 그

말 안 했으면 좋겠어. 나도 아빠 딸이잖아."

아빠는 말없이 침묵으로 대답했고, 그 이후로 다시는 나에게 촉새라는 말을 하지 않았다. 20년 동안 안으로 곪아버린 상처는 이번 대화로 생각보다 아프지 않게 치유될 수 있었다. 사실 우리 가족에게 필요한 것은 예민한 방어가 아니라 진심을 다한 대화가 아니었을까?

아빠도 그 시절 가장의 무게가 너무 무거워 도망치고 싶었을지도 모른다. 누구에게도 허심탄회하게 털어놓지 못하는 현실이 얼마나 고달프고 외로웠을까. 슬프고 힘들 때 묵묵히 아빠의 얘기를 들어주는 사람이 절실하게 필요했지만 엄마도 없었고, 아빠 스스로 일어서야만 했다. 아빠만 바라보는 가족들 앞에서 애써 강한 척하느라 본인의 감정을 미처 돌아볼 생각도 못 했을 것이다.

통영이 고향이었던 아빠, 통영으로 시집가려던 딸, 그런 딸을 반대하던 아빠였지만 10년이 지난 지금은 누구보다 아빠를 잘 아는 딸이 되었다. 유년 시절 내가 겪었던 가난은 참을 수 있었다. 하지만 가난으로 나약해진 마인드를 그대로 자식에게 투영하면서 비겁하게 괴롭히는 것은 참을 수 없었다. 나는 나에게 상처 주던 48살의 아빠를 아직 용서하지 못했다. 하지만 38살이 된 나는 그럴 수밖에 없었던 아빠를 이해하고 과거와 화해하는 중이다.

7

나를 위한 탈출, 결혼

28살, 아직은 어리다면 어린 나이. 서울살이에 지친 나를 위한 탈출 도구로 '결혼'을 선택했다.

24살, 소개팅으로 만난 한 남자. 그는 코코아를 주문해서 마시는 나를 곁눈질로 보며 손바닥 가득 흐르는 땀을 바지에 연신 훔쳤다. 수줍어 눈도 잘 못 마주치며 나를 제대로 쳐다보지도 못하는 그의 모습에 왠지 모르게 호감이 일었다. 한문교육과를 전공한 그는 나보다 20센티나 큰 키에 늘씬한 몸매에 옷 잘 입는 훈남 스타일이었다. 외모도 준수했지만 그보단 수영으로 만들어진 넓은 어깨가 좋았다. 우리는 자석처럼 서로에게 이끌려 연인이 되었다.

나는 서울에서 일을 하고, 그는 청주에서 학교를 다니고 있었지만 거리는 문제가 되지 않았다. 1년 동안 정말 행복한 연애를 했다. 1년 뒤, 졸업을 한 그는 집이 통영이었기에 공무원 시험을 준비하기 위해 고향으로 내려가야 했다. 그는 내려가기 전 내게 너무 멀어 보기 힘드니 혹시라도 헤어지고 싶다면 헤어질 수 있다고 했다. 미래에 대한 불안과 장거리 연애로 많이 불안했지만 그보단 내 걱정을 먼저 하는 그의 따뜻한 마음에 나는 그럴 수 없다고 말했다.

그는 내 모든 것들을 다 감싸 안아주는 사람이었다. 내가 아무리 화가 나서 소리 지르고 나쁜 말을 퍼부어도 포용해 주었다. 내 가족보다 나를 더 예뻐해 주었던 사람. 어딜 가도 이렇게 사랑받을 수 없을 것만 같았다. 이전의 환승이별과 잠수이별로 아팠던 나는 또다시 뼈아픈 이별을 하고 싶지 않았다. 시험 준비 하라고, 나는 기다릴 거라고 말했다. 장거리 연애가 지치지 않게 나도 자기계발에 집중했다. 서로 각자의 일에 집중하다 보니 장거리 연애가 큰 문제 되지 않았다. 오히려 자주 보지 않으니 덜 싸우게 되고, 서로의 일을 존중하면서 더욱 돈독해질 수 있었다.

그렇게 우리는 4년을 만났다. 그의 마지막 공무원 준비 기간에는 4달에 한 번 보기도 했다. 그래도 괜찮았다. 적어도 나 때문에 시험을 망쳤다는 소리는 듣고 싶지 않았다. 첫 도전은 실패했지만 두 번째 도전에 당당하게 합격했다.

서로 직장인이 되면서 조금 더 자주 볼 수 있게 되었다. 그가 서울에 3번 오면 내가 통영에 1번 가는 식이었다. 문제는 내가 서울 생활에 지쳐 독립을 끝내고 부모님이 계시는 양평으로 들어가면서 생겼다. 성인이 되었음에도 아빠와의 트러블은 끊이지 않았다. 내 편이 아니었던 엄마의 중립적인 태도에 더 외톨이가 된 것만 같았다. 더 이상 이렇게 살고 싶지 않았다. 그렇다고 혼자 살기는 더욱 싫었다. 그때 문득 든 생각. '결혼해야겠다.'

겁쟁이라고 해도 좋았다. 도망가는 게 맞았으니까. 나도 나만의 울타리를 만들고 싶었다. 그 울타리 안에 그 사람이 있었으면 했다. 겁이 나지 않는 건 아니었다. '통영'이라는 완전히 새로운 곳을 가야 한다는 게 쉬운 결정은 아니었다.

서울은 나에게 상처만 남긴 곳이지만 동시에 치유가 된 곳이기도 하다. 때 되면 친구들과 뮤지컬을 보고, 홍대를 누비며 인디밴드 공연을 보고, 압구정에서 맛난 음식 먹고, 아이쇼핑을 했다. 모든 문화생활이 펼쳐진 이곳을 버리고 서울에서 차로 5시간 거리인 통영이라는 곳을 갈 수 있을까? 친구들은 통영보다 괌이 더 가깝다고 결혼하지 말라고 했다.

이 모든 걱정거리를 뒤로한 채 결혼을 결심할 수 있었던 가장 큰 이유는 바로 '그 사람'이라서다. 스물셋에서 스물일곱까지 뒷자리 숫자에 'ㅅ' 받침이 없어지는 시간들 속에서 가장 나와 오래 함께한 사람이다.

여름휴가 내내 더위에 지쳐 화를 내고, 별것 아닌 일에 짜증을 내도 그는 "우리 행복하려고 하는 거잖아. 화내지 마." 라며 등을 쓸어주었다. 같이 화를 내지 않고 오히려 나를 위로해주던 그였다. 그가 4년 동안 보여준 한결같은 모습은 나에게 새로운 환경에서 다시 시작할 수 있다는 희망을 주었다. 관계에 상처받고 방황하고, 가족 안에서조차 숨 쉴 수 없었던 나에게 안락함을 줄 것 같았다. 이 사람이라면 꽤 괜찮은 '가족'을 만들 수 있을 것 같았다. 어쩌면 가족에 대한 선입견을 깰 수 있게 도와줄 수 있을 거라 생각했다. 그렇게 나는 20대의 관계에서 도망치듯 결혼했다.

결혼한 지 10년이 된 지금, 2명으로 시작해 4명이 되었고, 그가 만들어준 울타리는 10년이라는 세월 속에서 점점 더 견고해지고 있다. 그 울타리는 나와 아이들 모두에게 안정감을 주고 서로 같은 곳을 바라보며 늘 함께하고 있다. 가족에게 받았던 상처로 낮아졌던 자존감은 새로 생긴 나의 '가족'을 통해 치유되고 점차 높아졌다. 높아진 자존감은 사회생활에도 자신감을 가지게 해주었고, 그 어떤 말에도 쉽사리 흔들리지 않게 되었다. 가족에게서 얻는 행복이 무엇인지 알게 해준 남자 덕분이리라. 가슴 시리도록 혹독했던 서울살이의 탈출 성공을 행복한 감정으로 확인한다.

나는 까칠하게 살기로 했다

3장

'갑'보다 강한 '을'

내 첫 사회생활은 종로3가에서 시작되었다. 그곳에서 친한 선배이자 친구이자 가족 같은 언니와 함께 살았다. 2년 남짓 지났을까? 너무 친해서 오는 애매모호한 상황들은 서로를 조금씩 불편하게 했다. 게다가 기공소 사정이 좋지 않아 우리 중 하나는 이직을 해야 하는 상황이었다. 2년 정도면 이직 타이밍이다 싶어서 떠나기로 결심했다. 여러모로 나에게 좋은 타이밍이었다. 그렇게 구직사이트를 둘러보다 예전부터 기공 쪽으로 꽤 유명했던 곳에 구인광고가 올라온 것을 보게 되었다. 그 기공소 소장님이 경기도 어느 대학 겸임 교수로 계시기에 배울 것이 많다는 소문을 들었다. 바로 여기다 싶은 촉이 발동되었다. 곧바로 전화했다. 다행히도 아직 구인을 못 한 것인지 금세 면접 일자가 잡혔다. 면접 당일 최대한 깔끔한 모습으로 정성스레 작성한 이력서를 준비해 갔다.

건대입구역에서 내렸는데 늘 친구들과 놀던 건대 입구 번화가와는 거리가 먼 화양동이라는 동네였다. 그 사이에 많은 것이 변해있었다. 익숙한 곳인 줄만 알고 왔던 곳이 예상과는 다른 낯선 환경이라 당황했지만 이내 정신을 가다듬고 기공소를 찾아가기 시작했다. 한참 걸어간 골목길에서 큰 대로변 쪽으로 다시 나갔고 겨우 약속 시간에 맞춰 늦지 않게 도착할 수 있었다. '삐그덕' 생경한 철문을 열고 들어가니 한참 일하던 사람들의 호기심 어린 시선들이 내게로 쏟아졌다. 곧, 경리로 보이는 분의 안내가 있었고 그분을 따라 회의실에 들어가니 기공소 소장이 앉아 있었다. 아니 정확히 말하면 식사를 하고 있었다.

당황스러웠다. 식사를 하고 왔냐는 의례적인 인사를 묻

고, 저녁 시간이라 자신이 식사를 할 수밖에 없는 상황에 이해를 바랐다. 아니 이해가 아닐 수도 있겠다. 그냥 "식사하면서 면접 볼게." 하던 고지였던 것 같다. 이때, 내 안의 세포들이 내게 경고했다. '이곳은 좋은 곳은 아닌 것 같은데, 배움은 고사하고, 존중받으며 일할 수 있을까?'라며 머릿속에 삐용삐용 경고사이렌을 울렸다. 하지만, 독립의 꿈에 부풀어 여기저기서 나오는 경고의 속삭임은 나를 방해하는 잡음으로만 들렸다.

곧 머릿속 생각을 지우고, 똑 부러지는 척 면접을 보기 시작했다. 종로보다 월급이 20만 원 오르고, 1년 뒤 받을 퇴직금을 월급에 쪼개 받기로 했다. 결과적으로 종로보다 40만 원이나 월급이 오르는 것이었다. 이 정도면 아주 나이스한 이직이라고 생각했다. 실은 퇴직금을 미리 받은 것인데 눈앞의 돈에 내 뇌는 잠시 생각을 멈춰버려 알아채지 못했다.

입사하고 얼마 되지 않아 직원들의 연봉협상 시즌인지 한참 동안 소장님과 직원들은 일대일 대화를 했다. 그리고 협상이 잘 안 되었는지, 소장님의 제자이자 직원이었던 일 잘하던 사람들이 하나, 둘 나가기 시작했다. 자세한 내막을 이제 막 입사한 사람에게 알려주는 친절한 사람은 없었다. 왜 그런지 모를 상황에 의아하긴 했지만 직접적으로 나에게 피해가 오는 것은 아니었으니까 그때까지는 큰 불만 없이 내가 할 일만 열심히 하고 있었다.

같은 동네에 사는 선배 오빠도 있고, 잘 따라주는 여자 후배도 있어 처음 5개월은 재미있게 보낼 수 있었다. 일은 일대로 그럭저럭 잘 돌아갔다. 그러다 친하게 지내던 선배 오빠의 연봉협상 시기가 다가왔는데, 요즘 사정이 어려워 더 이상 올려 줄 수 없다는 사실상 퇴사 권고를 받는 것을 옆에서 보게 되었다. 결국, 의지하던 그 선배마저 퇴사하게 되었다. 학교 교수님이었던 분이라 분란을 일으키고 싶지 않았던 선배는 퇴직금도 받지 못하고 쓸쓸하게 퇴사했다. 선배에겐 미안하게 되었지만, 내 일이 아니라 생각했다. 마음속으로는 '오래 일할 곳은 아니구나, 1년이면 이력서에 경력으로 쓸 수 있으니 딱 6개월만 참자.' 하며 영혼 없이 출근했다.

그렇게 기다리던 딱 1년이 되던 날, 소장에게 퇴사 의사를 전달했다. 다음 날 다시 얘기하자며 그날은 일단락되는 듯했고, 큰 산을 넘은 것 같은 안도감에 긴장되었던 어깨에 힘이 빠졌다. 하지만 나의 착각이었다. 다음 날 불러 들어간 사무실에서 '이런 어른이 교수였구나.' 하는 생각과 함께 씁쓸한 침을 삼켰다.

소장이 말하는 요지는 이랬다. 내 월급이 180만 원이었는데 3개월의 수습 기간을 제외하면 아직 1년이 되지 않았으니 지금까지 분납해서 줬던 퇴직금을 회수해 간다는 것이었다. 대략 다음 달에 27만 원 정도 입금될 것이라며 손에 쥐고 있던 꾸깃한 종이를 펼쳐 보여줬다. 흔들리는 눈동자를 숨길 새도 없이 일단은 생각해 보겠다며 종이를 손에 쥐고 사무실을 나왔다.

소장의 아들들도 기공사였다. 지금이야 명품이 흔했지만, 당시 가방과 지갑을 제외하고는 명품이 흔하지 않던 시절이었다. 허리띠와 신발이 늘 구찌였던 아들은 내가 퇴사하게 되면서 부사수로 일을 배우고 있었다. 한참 일을 배우던 그즈음 휴게 시간에 친구와 통화하는 소리를 함께 일하던 여러 직원이 듣게 되었다. "어제 내가 한 턱 내기로 한 날이어서 룸 잡고 술 마셨는데 300 나왔더라고, 그 정도야 충분히 내가 낼 수 있지."

이 말을 들었던 동료들은 자괴감에 빠졌고, 곧 내 귀에도 이 말이 들어왔다. 월급 10만 원 올려봤자 연 120 정도 올려주는 (세금신고는 낮게 책정했기 때문에 월급과 부수적인 것들이 같이 오르지는 않았다.) 것임에도 그조차 올려주고 싶지 않아 온갖 핑계를 대면서 작년과 같은 임금으로 동결시키던 소장이었다. 아들의 하룻밤 술값이 300이라니 화가 났다. 당시 '루이비통 스피디 반둘리에30' 가방이 110만 원이었다. 지금은 그 가방이 230만 원 정도 하니까 '300'이라는 숫자는 15년 전, 어마어마하게 큰 금액이었다. 화가 나서 인수인계고 뭐고 그만두고 싶었지만 유종의 미를 거두기 위해 4년 동안 습득한 기술들의 전반적인 것을 알려 주면서 인수인계를 했다. 그래야 방심한 소장에게 나의 복수가 들키지 않을 것 같았다.

복수의 힌트는 상희와 혜원이가 주었다. 월급이 제대로 들어오지 않으면 당장 다음 달 생활이 어려웠고, 나에게는 인생 최대의 위기였다. 울먹거리는 내 얘기를 듣던 상희는 노동청에 신고하라고 했다. 당시 노동청이 있는지도 몰랐는데 역시 논리적이고 똑똑한 상희는 나보다 아는 것이 많은 친구였다. 한 번에 성공하기 위해서 몇 가지 준비가 필요했다.

① 법적 근거 찾기

노트북을 켠 지 얼마 되지 않아 내가 원하는 글을 검색할 수 있었다. 「근로기준법에 의한 퇴직금은 임시직 또는 수습사용기간을 포함하여 1년 이상 계속하여 근로한 경우 계속근로연수 1년에 대하여 평균임금의 30일분 이상을 지급하여야 하는 것인 바, 수습사용기간을 포함하여 1년 이상 근로한 경우에는 퇴직금을 지급하여야 한다.」라고 명시되어 있었다. 이는 소장이 얘기한 것과 상반된 얘기였다. 별표 '땡땡' 치며 근거를 모았다.

② 노동청에 신고하기 전 해야 할 일: 퇴사 전 동료직원들과는 잘 지내기

그때 경리로 계셨던 분과 나머지 동료직원들과는 잘 지내고 있었다. "저런 대우를 받아도 쟤는 진심으로 인수인계하는구나." 하며 소곤대긴 했지만 그 덕분에 대외 이미지가 좋았다. 덕분에 나에 대한 적대심이 없었고, 퇴사 직전까지 필요한 사업자등록증, 급여명세서, 근로계약서 등 서류 복사본에 대해 자연스럽게 부탁할 수 있었다.

③ 마지막까지 웃는 낯으로 헤어지기

마지막까지 훈훈한 나의 모습에 감동한 소장은 기존에 주려던 금액의 2배 정도 되는 55만 원을 입금한다고 했다. 실은 퇴직금을 뺀 금액의 2배니까 나는 월급을 제대로 못 받은 셈이다. 그럼에도 나는 정말 감사하다면서 "퇴사 후 연락 한 번 드릴게요."라고 인사하고 철문을 당당하게 걸어 나왔다.

다행이라고 해야 할까? 소장은 이미 관할 노동청에 신고를 몇 번 당한 전적이 있는 사람이었다. 배달 할아버지의 임금 체불 건으로 이미 신고가 들어가 있는 상태에서 내가 또 신고를 했던 것이었다. 덕분에 소장은 노동청에서 하는 대질 조사를 해야만 했다. 거기까지 가고 싶지 않았던 소장은 내게 100%의 월급을 입금해주었다. 여전히 내게 호의적인 태도를 보이며 말이다. 복수는 성공적이었다.

월급쟁이인 우리는 언제나 '을'이다. 오너의 말에 좌지우지되고, 자존감까지 갉아먹힌다. 여기서 내 태도가 중요하다. 큰소리 내고 싶지 않아서, 혹시라도 문제가 생길까 봐 등 여러 가지 이유로 그들에게 힘을 실어주어서는 안 된다. 내 삶의 주체는 '나'니까 부당한 대우에 목소리를 낼 수 있어야 한다.

갑보다 강한 을의 힘은 내가 내는 소리에서 비롯된다. 내가 참으면 갑에게 몹쓸 선례가 되어 다음 을에게 나쁜 예로 적용될 것이다. 당신은, 그리고 우리는 소중하니까 절대 불의에 참지 말자.

2

'외강내유'보다 '외유내강'

'외유내강'은 겉으로는 부드럽고 순하게 보이나 속은 굳셈을 의미하는 한자성어다. 겸손함과 매너를 갖추고 있으면서도 소신이 있고 심지가 굳으며 지혜로운 면을 가져 존경받을 만한 '이상적인 인간상'을 가리키기도 한다.

15년 동안 이런 사람을 만나기란 쉽지 않았다. 내일의 평화를 장담할 수 없는 관계 속에서 나 역시 갖고 싶었던 자화상이지만, 안타깝게도 나는 '외강내유'에 가깝다. 겉으로는 강해 보이지만 실제 속내는 몹시 여린 사람이었다. 그래서 사회생활 15년 만에 만난 '외유내강' 직원은 나에게 경이로운 호기심을 갖게 해주었다.

통영에서 3번째 병원을 다닐 때 만난 직원으로 나보다 8살 어린 친구였다. 이 직원은 44사이즈에 키는 155cm 아담하고 청순한 스타일을 소유하고 있었다. 게다가 웃는 모습이 환해 주변에 호감형의 대명사로 불리고 있었다. 처음 입사했을 때 선배 연차로 들어간 내가 부담스럽기도 했을 텐데 본인의 낯가리는 성격에도 불구하고 고맙게도 친절하게 이것저것 알려주던 몇 안 되는 직원 중 한 명이었다. 친해졌을 즈음 그녀의 사회생활 대한 얘기를 들을 수 있었다.

안타깝게도 그녀의 첫 사회생활 단추는 잘못 채워졌다. 처음 들어간 병원은 치과위생사가 없었던 곳으로 기존 직원들끼리 이미 몇 년 동안을 같이 일하던 곳이었다. 그곳에서 어린 치과위생사는 뜯어 먹기 좋은 초식동물이었다. 질문을 해도 알려주기는커녕 차가운 냉대만 돌아왔고, 모자란 부분에 대해 공부하고 연습하는 모습이 보이면 뒷말과 함께 질투 어린 차가운 시선을 받았다.

약한 모습을 들키고 싶지 않았던 그녀는 병원에서 묵묵히 온갖 궂은일을 도맡아 했고, 병원업무에서 모르는 것이 있으면 원장님께 직접 질문해가며 본인 실력을 키워나갔다. 출근해서는 실수하지 않으려 바짝 긴장을 했고, 집에 오면 매일 울었다고 했다.

그런 생활을 3년 동안 지속하던 어느 날, 더 이상은 화장실 청소를 하고 싶지 않았고, 이제는 배울 것이 없다 생각이 되어 서울로 무작정 이직을 결심했다. 서울 생활은 통영에서의 첫 직장보다는 나은 환경이었지만 그곳 역시도 개인주의 성향이 강한 동료들로 인해 어깨너머로 기술을 익히고 혼자 공부해야 했다. 통영이나 서울이나 마음 둘 직원이 없기는 마찬가지였다.

그녀에게는 목표가 있었다. 목돈 모으기와 부족한 기술 습득. 이 목표를 이룰 때까지는 절대 그만두지 않겠다는 집념 하나로 버텼다. 아무도 가르쳐주지 않으니 원장님께 직접 질문하고 배웠다. 그 덕분에 그녀는 결국 중간관리자까지 올라갈 수 있었다. 7년 차가 되던 해에 다시 통영으로 돌아왔고 지금의 병원에서 근무하게 된 것이다.

그녀는 역경 속에서 굴복하지 않고, 자신이 목표치로 정한 시점까지 앞만 보고 달렸다. 주변의 날 선 말과 행동들은 그녀에게 생채기는 낼 수 있었지만 포기하게 하지는 못했다. 그런 내적인 강함은 높은 자존감이 되었고, 비싼 옷과 액세서리를 걸치지 않아도 그녀를 반짝반짝 빛나게 해 주었다. 무엇보다 그녀의 말투는 정말이지 '세상에 이런 사람이 있다고?'라는 생각이 들 정도로 맑고 청아했다. 목소리가 예뻐서가 아니다. 명령조가 아닌 청유형의 말투. 부탁도 너무 예쁘게 말해서 그냥 다 들어주고 싶은 그런 말투. 세상 다정하고 예쁜 말투였다.

"선생님, 앞에 있는 볼펜 좀 줄 수 있어요?", "팀장님, 이 부분에 대해 알려주실 수 있을까요?" 등 친절한 말투와 겸손한 제스처를 통한 부탁은 절대 거부할 수 없는 힘이 있었다. 다정한 부탁이었고, 안 들어줄 이유가 없는 말투였다. 분명 유복한 환경에서 예절교육을 받았을 거라 생각되어 "부모님께 잘 배운 예쁜 말투네요."라고 했다. 그러나 내 예상과는 달리 그녀는 "이 말투는 남자친구에게서 배운 거예요."라며 4살부터 혼자가 되신 강한 어머니 밑에서 자란 삼 남매 중 K 장녀라 예쁜 말투까지 배울 여유는 없었다고 했다.

끼리끼리 과학이라고 했던가, 밝고 긍정적인 그녀 곁에 결이 같은 남자친구가 있었고 그 둘이 만나 함께 성장하고 시너지를 내고 있었던 것이다. 둘은 서로의 삶에 대한 목표를 공유하며 행복한 미래를 계획하고 있었다. 내년이면 결혼을 하고, 통영과 서울이 아닌 다른 지역에서 새로운 시작을 하게 될 그녀의 미래는 어디서든 밝게 빛날 것이다.

그녀에게서 배운 것은 부드러운 말투만이 아니다. 경청하는 자세도 배웠다. '경청'이라는 단어 뜻은 알지만 실제로 그대로 행하는 사람을 보지 못했던 나에게는 신세계였다. 나는 10년 동안 선배 연차로 사회생활을 했기에 늘 지시하고 통보하는 게 편했다. 어떤 경우에는 그게 더 효율적이기도 했다. 하나하나 알려주면서 하다가는 오히려 처지고, 시간 낭비만 하는 경우도 있기에 급박한 상황에서는 잘 먹혔다. 물론 장기적으로는 좋지 않았다. 이유야 어찌 됐든 상대방에게 급하게 지시를 내리면서 상처를 주기도 했다. 전후 설명 없이 내 생각을 강요하는 것은 거부감을 일으킬 수 있고, 반발심을 불러올 수 있다.

때마침 그런 고민들로 스스로에게 회의감을 느끼고 있을

때였기에 그녀의 배려하는 행동은 내게 큰 배움이 되었다. 상대에게 맞춰 들어주고 웃으며 고개 끄덕여주고 공감해주기만 해도 된다는 사실을 그때 처음 알았다. 급하게 뇌 필터링을 거치지 않고서 아무 말이나 쏟아내기보다는 차라리 침묵을 지켰으며 굳이 나서지 않으면서도 필요한 때에는 자신의 의견을 분명하게 말했다. 나는 그녀의 그런 점들을 모두 배우고 싶었다. 한 마디 한 마디에 진중한 무게가 있어 절로 신뢰가 가는 그녀의 모습은 내가 그토록 바라던 상이었다.

나는 조금이라도 침묵이 생기면 그 시간을 못 견뎠다. 무언가라도 해야 했다. 하지 않아도 될 오버를 하기도 하고 큰 소리로 소리를 지르기도 하고 "와하하하" 하며 크게 웃기도 했다. 실은 전혀 웃기지 않으면서도 나는 거짓 연기를 했다. 상대는 속았을지 몰라도 나는 속지 않아 힘들었다. 어떨 때는 나의 의도와 다른 상대방의 해석에서 오는 트러블로 고생하기도 했다. 조용한 정적은 힘들었고, 오해는 괴로웠다.

항상 평정심을 유지하던 그녀에게 나의 고민을 흘리듯 말했다. 그러자 그녀는 부드러운 얼굴로 "굳이 그러지 않아도 괜찮아요. 팀장님."이라며 나를 가볍지만 진중한 무게로 위로해줬다. 만남에 있어서 늘 말이 끊기면 안 된다는 강박에서 벗어날 수 있는 계기가 되는 순간이었다. 그녀와 함께했던 3년 조금 안 되는 시간은 나의 15년 차 사회생활을 여유롭게 해주었다.

조금은 침묵을 지켜도 좋다. 말하는 대신 듣기만 해도 좋다. 같은 말이라도 예쁘게 말하면 설득하지 않아도 설득이 된다. 나는 그녀를 통해 정말 많은 것을 배웠다. 이제 곧, 멀리 떠나게 될 그녀에게 늘 행복한 기운과 행운이 깃들길 바란다.

"조금밖에 모르는 사람은 말이 많다. 많이 아는 사람은 침묵을 좋아한다."는 장 자크 루소의 말처럼 오늘도 나는 말을 아끼고 주변의 말을 듣고 생각해 보려 다짐한다.

3

안 해도 '그런 사람'이 되어버리게 만드는 가스라이팅

한동안 배우 커플들의 카카오톡이 돌아다니면서 큰 이슈가 된 적이 있었다. 교제하던 동료 남자 배우를 여자 배우가 '가스라이팅' 했다는 사실이 밝혀지면서 사회적으로 큰 논란이 일어난 것이다. 그로 인해 남자 배우는 촬영장에서 여자 배우를 비롯해 여자 스텝과의 스킨십을 극도로 피했고, 표정 또한 무표정으로 일관하며 드라마 촬영에 임했다. 종국에는 스토리에 필요한 키스신을 피하기 위해 대본수정을 요구하기까지 이르렀다. 그는 긴 무명 끝에 겨우 얻어낸 첫 주

연작임에도 불구하고 여자친구의 지시에만 복종한 채 이해 할 수 없는 태도로 일관했다.

어떻게 이런 일이 가능할 수 있을까? 바로 '가스라이팅' 당했기 때문이다. 가스라이팅의 사전적 의미는 '대상이 자기 자신에 대한 확신과 자신감을 유지하지 못하도록 심리상황을 교묘하게 연출, 조작, 폄하하여 정서적으로 학대하는 것'인데 그렇게 해서 조종자 뜻에 따르고 의존하게 만드는 것이다. 원래 똑똑한 사람도 가스라이팅에 당하면 이게 맞는지 아닌지 스스로 판단을 내리지 못해 상대방의 뜻에 따르게 된다.

나 역시 일하면서 이런 비슷한 경험을 당해 본 적이 있다. 5년 전쯤 통영에서 결혼 후 둘째 아이를 낳고 15개월이 되었을 때 다니던 병원으로 복직하게 되었다. 병원은 실장님을 비롯해서 많은 직원들이 바뀌어 있었고 분위기도 많이 달라져 있었다. 나와 같은 아이 엄마 직원이 3명, 통영에 연고가 없던 타 지역에서 온 직원 2명 등이 있었다. 우리는 통영 토박이가 아니라는 것과 통영에서의 첫 직장이라는 공통점이 있었다. 동료와 나는 친구와 같은 사이로 서로 의지하고, 감정에 공감하며 지냈다.

그렇게 잘 지내는 듯싶었던 병원에서 조금씩 잡음이 생기기 시작했다. 실장이 직원을 괴롭히기 시작한 것이다. 직장에서는 책임감이 강하고, 집에 가서는 가족에게 최고의 엄마였던 동료 직원이 있었다. 다른 직원보다는 좀 더 가정적이었던 동료였는데 우리가 옷을 하나 살 때 살림에 필요한 좋은 프라이팬을 사고, 아들 같다며 자랑 같은 신랑 험담을 농담 삼아 했었다. 게다가 일적으로 책임감이 있던 직원의 사려 깊은 행동은 주변에 직원들을 모이게 했었다. 실장은 그런 그녀를 질투하기 시작했는지 말도 안 되는 소리로 그녀를 괴롭히기 시작했다.

그 모습에 동료가 안타까웠고, 지위를 이용해 괴롭히는 실장의 거친 언사와 행동을 더 이상 두고 볼 수 없었다. 나를 포함한 직원들은 동료를 두둔하며 실장에게 맞섰다. 실장은 그 모습이 못마땅했는지 그녀와 유독 친했던 나와 다른 한 직원에게까지 막말을 서슴없이 했다. 우리는 그녀의 말도 안 되는 논리에 처음에는 반박했지만, 흔들림 없는 무논리의 말에 점차 수긍하기 시작했다. 계속해서 트러블을 일으키고 싶지 않았고, 나만 눈감으면 되니 서로 눈치만 보았다. 결국 그 직원은 실장의 권유에 동의한 원장님에 의해 권고사직을 맞게 되었다. 이런 결과가 흡족했는지 실장은 우리에게 더욱더 권력의 칼날을 휘두르기 시작했다.

처음에는 필터 없는 무례한 말들로 시작했다.

"식기를 모으는 것은 우울증이 있다는 말인데."

"이래서 여자들은 발전이 없는 거야. 가족 생일이라고 직원 회식을 빠지면 되겠어?"

"초등학교 예비소집일 꼭 가야 해? 안 가도 괜찮아."

"내 일이 이렇게까지 잘못된 것은 너의 잘못이 큰 거야."

"애기 엄마들은 여기 아니면 다른 데서 일 못 해. 다른 데서는 아줌마들 안 받아줘."

"그거 다 할 수 있어. 그 사람만 잘하는 거 아니야."

"세미나 듣지 마, 내가 다 알려 줄 수 있는데 왜 돈 내면서 세미나를 들으러 다녀."

"저 직원이 예뻐? 보는 눈이 없네."

"차를 샀어? 그렇게 홍청망청 쓰다가는 언젠가 큰일 난다."

"웃지 마. 억지로 웃을 필요 없어. 어디 아프니? 얼굴이 그게 뭐니? 화장 좀 해."

"너희는 나나 되니까 같이 일하는 거다. 이 병원도 내가 이렇게 발전하게 해 준거야."

"너희 능력에 이 정도 월급이면 많이 주는 거다."

"농담인데, 꼭 정색을 하더라. 겁나서 무슨 말을 못하겠네."

"넌 기분 나쁘면 얼굴로 나타나, 좀 숨겨."

생각나는 일부만 쓴 것이다. 정말 저런 말을 했을까 싶은 말들을 2년 동안 수도 없이 들으며 다녔다. 글을 쓰면서도 저런 말을 들으며 어떻게 2년이나 함께 있었을까 싶다. 당시에도 '말을 왜 저렇게 하나?', '이건 좀 너무 심한 것 아닌가?'라고 생각했다. 그럼에도 맞서지 못했던 건 병원에서 절대적인 위치와 권력을 갖고 있었기 때문이다. 부당한 대우라는 것을 알고 있었지만 매출을 3배 끌어올린 실장은 원장님과 대등한 위치까지 올라 원장님까지도 쥐락펴락하고 있었다. 그녀의 능력은 병원 내 분위기를 그녀에게 유리하게 만들었다. 직원은 아파도 병원에 가면 안 되고, 본인은 피부과 진료 때문에 조금 늦어도 되었다. 출근 시간 또한 평직원은 10분 일찍 와서 냉, 난방기를 미리 가동했지만 본인은 5분 늦어도 괜찮았다. 내로남불의 표본이었다.

그런 실장 때문에 이 병원이 지독히도 싫었지만 저 사람이 한 말처럼 이 병원 아니면 아이 엄마인 나를 아무 데서도 안 받아 줄 것 같아 그만두지도 못했다. 게다가 통영이라는 낯선 곳에서의 첫 시작을 실패하고 싶지 않았다. 사실, 그만둔다고 실패가 아님에도 그땐 몰랐다. 우리는 점차 자존감이 낮아졌고, 실장에게 꼬투리를 잡히지 않으려고 서로에게 하려던 칭찬의 말을 아꼈다. 막내 직원에게 세미나를 추천할 때조차 애한테 바람 넣었다고 욕먹을까 봐 거짓말을 해가면서 서로 아닌 척 스케줄을 잡았다. 점점 나의 마음은 피폐해져 갔다.

가족이 잠든 깊은 밤 출구 없는 터널에 갇혀있는 것 같은 기분에 혼자 조용히 불 끄고 앉아 술을 마시며 울었다. 서글펐다. 내가 좋아하는 일을 하면서 이런 막말을 참아야만 하는 현실이 너무 슬프기도 하면서 싫었다. 실장을 만나기 전 나는 일 잘한다고 스스로 자부하면서 10년을 한 직업으로 꾸준하게 직장을 다니고 있었는데, 뭔가 한참 모자란 사람이 된 것 같았다. 이직을 하고 싶어도, 실장 말대로 나를 받아줄 병원이 없을 것 같아 그마저도 쉽지 않았다.

그러던 어느 날, 오전 진료를 마치고 함께 점심 식사를 하고 있었다. 어떤 말이 오갔는지 정확히 기억은 안 나지만 그날따라 워킹맘들을 싸잡아서 면박을 주고 있었다. 그때 순간 화가 치밀었다.

"탁!!"

나도 모르게 먹던 숟가락을 바닥으로 소리 나게 내리치듯 내려놨다. 실장은 어이없다는 듯이 쳐다보며 "왜? 아줌마라고 해서 기분 나쁘니?"라고 물었다. 나는 바로 맞받아쳤다.

"네. 실장님도 결혼했으면 아줌마인데, 뭐가 그렇게 싫어서 아줌마라고 싸잡아서 뭐라고 하시는 거예요? 아줌마들이 일을 안 해요? 아줌마들이 애 때문에 집에 일찍 가요? 책임감을 갖고 일하는 건 똑같은데 우리가 뭐가 달라서 이런 소리를 들어야 해요?"

주변 직원들은 나에게서 시선을 옮겨 실장을 바라보고 있었다. 그녀의 반응이 어떨지 보려는 듯했다. 예상치 못한 나의 반격에 그녀는 당황했고, 미처 준비하지 못했던 말들을 급하게 찾느라 바빠 보였지만 언뜻 생각이 나지 않았던 것인지 의외의 대답을 했다.

"그래 아줌마라고 해서 미안해. 먹던 것 마저 먹어."

그렇다. 무례한 사람한테는 한 번은 강하게 돌려주어야만 했다. 그래야만 절대적인 우위에 있다고 믿었던 상대방의 논리가 깨지면서 괴롭히는 행위가 멈추게 된다. 호구 잡힌 멱살을 내 의지로 먼저 끊어내던 순간이었다. 이제, 바닥에서 튀어 오를 타이밍이 된 것이다.

4

내가 가스라이팅을 벗어날 수 있었던 방법

한 번의 분위기 전환으로 병원 내에서 하는 그녀의 악행은 잠깐 소강상태를 맞는 듯했으나 이내 원래의 모습으로 다시 돌아왔다. 예전과 다른 것이 있었다면 그녀의 당황하는 모습을 봤다는 것이었다. 이 병원에서 누구도 자신에게 정면으로 맞서 돌직구를 날린 사람이 없었던 것이다. '그래. 이거면 됐다.' 싶었다. 매일 출근해서 그녀와 기 싸움을 하느니 이렇게 단 한 번의 승리면 됐다 싶었다. 이제 기 싸움은 하지 않고 편해지고 싶었다.

하지만 실장은 당했다는 그때의 모멸감 때문이었는지 나를 더 자극했고, 노골적으로 싫어하는 티를 냈다. 내 스트레스는 그 전보다 더 심해졌다. 스트레스를 풀기 위해 퇴근 후 인사하며 헤어지는 척했다가 직원들과 삼삼오오 모여서 술을 마셨다. 실장을 안주 삼아 열심히 씹고 맛봤다. 20대 때 했던 행위가 반복되고 있었다. 그때와 마찬가지로 현실적으로 달라지는 것은 없었다. 뒤에서 아무리 욕해 봤자 말이 거칠어지고, 화가 많아졌을 뿐 다시 그녀를 마주하는 현실에서는 나아질 것 하나 없던 마이너스적인 도피 행각일 뿐이었다. 슬슬 피폐한 2년의 시간을 마무리하고 싶었다.

20대 때 관계의 상처에서 벗어날 수 있었던 계기는 사이가 좋지 않았던 그 직원들을 피해 내가 다른 곳으로 이직하게 되면서였다. 새로운 환경에서의 시작은 나의 잘못으로 비롯된 것이 아니라는 생각의 전환을 일으켜 줬고 잘 지낼 수 있는 힘을 주었다. 이번에도 환경을 바꾼다면 분명 괜찮아질 것 같았다. 그렇지만 이제 내 나이도 30대고 아이도 있는 어른이다. 좀 더 똑똑하게 해결하고 싶었다. 그래서 시작된 '가스라이팅 벗어나기' 대단원의 막이 올랐다.

① 벗어나기 1단계: 회복탄력성 이용하기

2년 동안 가스라이팅의 후유증으로 자존감이 많이 떨어진 상태였으나 다행히도 아직은 무기력하지 않았다. 마음 한구석에 긍정적인 마음 근력이 그래도 어느 정도 남아 있었다. '그래, 어쩌면 예전처럼 이직을 하면 떨어진 자존감이 다시 오를 수도 있겠다.' 싶었고 곧 이직을 준비했다.

13년 차다 보니 평직원보다는 직급이 있는 중간관리자 쪽을 알아보는 것이 유리했다. 다만 중간관리자는 책임이 뒤따르기 때문에 잘못 선택하면 나락으로 떨어질 수 있어 신중해야 했다. 현재 다니는 병원은 실장 외에는 친구 이상으로 사이가 너무 좋았기에 이직에 실패하면 다시 돌아가고 싶을지도 몰랐다. 후회하고 싶지 않았다. 그러려면 만반의 준비가 필요했다.

중간관리자로서 내 부족한 이력을 채워야 했다. 객관적인 시선으로 내게 무엇이 부족한지 작성해나가기 시작했다. 치과 진료실에서 13년 동안 일하면서 아킬레스건으로 생각했던 것이 '치과보험청구' 부분이었고, 실장이라는 중간관리자가 되기에는 '상담 스킬'과 '화법'이 부족했다. 부족한 것이 무엇인지 간추려지고 나니 다음 행동을 정하는 것은 좀 더 쉬워졌다. 우선 온라인 세미나 위주로 강의를 듣기 시작했다. 3번 정도 다시 듣기를 반복하고, 인쇄물은 스프링 철을 해서 메모해 가며 세미나를 들었다. 그렇게 5개의 세미나를 3달 동안 듣다 보니 자신감이 생겼다. 이만하면 도약의 발판으로 삼아 더 높이 뛰어오를 수 있을 것 같았다.

② 벗어나기 2단계: 번아웃 탈출

인생은 마음대로 되지 않는다고 했던가? 내 생각과는 다르게 흘러갔다. 통영은 작은 도시였고, 실장 자리 구인이 잘 나지 않았다. 서울과 거리가 먼 만큼 연차, 주차에 대한 원장님들의 인식도 서울보다 현저히 낮았다. 복지도 현 직장보다 좋은 곳은 한 곳뿐이었다. 그 한 곳마저도 구인광고가 잘 나지 않았다. 동네에서 가장 좋은 치과니 자리가 나지 않는 것이다.

아무리 뛰어올라도 유리컵 밖으로 나갈 수 없다는 절망감에 빠졌다. 정말 실장의 말대로 갈 데가 없었던 것이다. 이는 곧 나를 무기력의 나락으로 떨어뜨렸고, 성취감 없는 업무에 의욕과 동기를 동시에 상실하게 되었다. 할 수 있다는 희망적인 에너지를 잃고 나니 정말 아무것도 하고 싶지 않는 지경에 이르렀다. 결국 번아웃이 오고야 말았다.

'다시 주저앉아야만 하는가?' 생각하며 어찌해야 할까 고민하는데, 바로 그즈음 예전에 서울에서 함께 치과 일을 하면서 많은 영향을 주었던 실장님과 연락이 닿았다. 병원컨설팅을 하면서 병원 전문 강사를 육성하는 사업을 하고 계셨는데, 나에게 치과 병원 전문 강사를 추천해 주셨다. 몇 년 전에도 강사를 한번 추천받은 적 있었지만 그때는 아이를 낳은 지 얼마 되지 않았고, 통영에서 서울로 세미나를 들으러 간다는 것은 감히 생각도 못 했었다. 하지만 이번에는 할 수 있을 것 같았다. 아니, 한계를 뛰어넘고 싶었다. 현실을 핑계로 나아가지 못한다면 나는 평생 불평만 하면서 제자리에 머물러 있을 것 같았다. 나 스스로 돌파구를 마련해야만 했다.

'그래, 이번에는 새로운 도전을 해 보자.' 굳게 마음을 먹었다. 3개월 동안 매주 일요일 새벽 6시 첫차를 타고 통영에서 서울 삼성동까지 '다온CSM컴퍼니' 아카데미를 다녔다. 왕복 9시간을 단 한 주도 빠지지 않고 수업을 들었다. 월요일마다 휴무를 쓴다면 생각보다 힘든 일정은 아니었다. 문제는 무대공포증이라는 고질병이었다. 나는 관중의 관심을 받으면 본능적으로 떨리는 목소리가 나오는 사람이었다. 이 부분을 이겨내야만 강사를 할 수 있었다.

"안녕하세요. 병원 전문 강사 황솔아입니다."

혼자 있을 때 입 밖으로 연습하고, 가족들 앞에서도 부끄럽지만 큰 목소리와 정확한 발음으로 인사하면서 떨리는 목소리를 잡으려 연습했다. 다행히 이 부분 역시 반복 연습으로 고쳐지면서 큰 걸림돌이 되지 않았다. 게다가 나의 새로운 도전에 대한 포부를 숨기지 않고 직장 동료들에게 공유했더니, 그들은 박수 쳐주고 강의 준비를 도와주겠다며 발 벗고 나서 주었다. 그동안 암묵지로 남아 있던 내 머릿속 지식을 강의를 준비하면서 제대로 정리할 수 있었다. 변할 수 없다 생각했던 상황조차도 내가 마음만 먹는다면 좀 더 다른 시각으로 바라볼 수 있다는 희망이 생겼다. 드디어 매일 똑같은 일을 한다는 깊은 매너리즘에서 빠져나올 수 있었다.

③ 벗어나기 3단계: 조용한 이직 준비

병원 전문 강사로의 도전은 성공적이었다. 내게 무엇이든 할 수 있다는 용기를 주었고, 강사 활동은 이타주의적이었던 나에게 강한 성취감을 주었다. 이대로라면 여기서 굳이 힘들게 일할 필요가 없었다. 나는 내가 제일 소중했고, 나를 존중해주는 사람과 함께 일하고 싶었다. 어느 곳이든지 지금 다니는 치과보다는 덜 힘들고, 덜 눈치 볼 수 있을 것 같았다. 그리고 이미 작년과는 다른 내공으로 내실을 다졌기 때문에 무엇보다 잘해 낼 자신이 있었다.

"어딜 가나 속 터지는 인간들은 있을 거고 그 인간들은 절대로 변하지 않을 거고, 그럼 내가 바뀌어야 되는데 나의 이 분노를 놓고 싶지 않아. 나의 분노는 너무 정당해. 너무 정당한 이 분노를 매번 꾹 눌러야 되는 게 고역이야."

드라마 〈나의해방일지〉 대사 중 일부이다. 이 대사가 내게 가장 와닿았다. 왜 나만 참아야 해? 정당한 분노를 표출하기 힘든 현실이 싫었다. 어쩔 수 없이 절이 싫으면 중이 떠나는 것이 맞다.

그렇게 구인 사이트에 로그인을 했고, 통영에서 제일 복지가 좋고, 개원 이래 취업한 사람은 있어도 퇴사한 사람은 없다는 병원의 구인광고가 올라온 것을 확인할 수 있었다. 이건 우연인가 기적인가? 아마도 내가 준비가 되니 기회가 찾아온 것이리라. 지금까지 수강했던 세미나 이력과 강사로서의 경력을 빠짐없이 이력서에 기록하고 보냈다. 곧 면접 일자가 잡혔고, 강사로 활동하면서 세련되게 자리 잡힌 내 화법과 표정, 말투, 제스처는 그곳에서 새로운 시작을 할 수 있는 기회를 마련해 주었다.

나의 이직은 화가 나서 내 기분에 따라 쉽게 정한 것이 아니다. 처음에는 그랬을지 몰라도, 강사 과정과 세미나를 통해 내 몸과 마음이 모두 단단해지니 그 어떤 것에도 흔들리지 않을 수 있었다. 흥분한 마음을 가라앉히고 객관적인 시선으로 나를 바라보며 내가 잘하는 것과 못하는 것을 정확히 구분해서 차근차근 준비한 것이다. 그랬기에 내게 좋은 기회가 온 것이라 확신한다.

긍정적인 기운은 긍정적인 것을 끌고 온다. 말로만 긍정이 아닌, 마음속 깊이 긍정적으로 바뀌니 좋은 일들이 뒤따라왔다. 이것이 바로 내가 가스라이팅을 벗어날 수 있었던 방법이다. 혹시 지금 힘든가? 그렇다면 행복한 내일을 위한 완벽한 이직을 꾀해 보자. 이직은 결코 도망이 아니다.

5

온전히
나에게
집중하는 시간

4년 전, 5살이 되어 자기주장이 강해진 딸과 한참 힘겨루기 하던 때가 있었다. 울기만 하면 1시간은 기본이었고, 온 집안이 폭격을 맞은 듯 폐허가 되는 듯했다. 나의 약한 이성의 끈은 아이에게 소리를 내지르게 했고, 아이의 상처를 더욱 후벼 파며 혼냈다. 아이도 나도 진정되지 않는 날들이 점차 많아졌다. 그럴 때면 남편은 둘째 아이를 데리고 방으로 피신해 있었다. '내가 어떤 잘못을 했기에 이 아이는 나에게 이런 벌을 주는 것인가?' 아이가 미웠고 화가 났다. 아이 얼굴을 봐도 자연스러운 웃음이 나지 않았다. 그즈음 다행스럽게도 아이의 유치원에서 학부모 육아 코칭에 관한 상담을 받게 되었다.

"저는 마음이 조급한데 아이는 본인 생각과 다르다며 곧잘 우는데 울기 시작하면 1시간은 기본이에요. 그럴 때마다 그러면 안 되는 것을 알지만 나도 모르게 아이에게 화를 많이 내고 있어요."

마음속에 켜켜이 쌓여 있던 고민을 털어놓았다. 유치원 원장님은 나의 눈동자를 빤히 보면서 내게 질문을 했다.

"어머니 일하면서 아이 돌보는 거 힘드시죠? 워킹맘의 마음 충분히 공감합니다. 근데, 어머니 하루 중 온전히 혼자 쉴 수 있는 시간이 얼마나 있으세요?"

순간, 나의 하루 일과를 신속하게 뒤졌다. 아침 8시 20분에 아이와 함께 출근해서 저녁 8시에 아이와 함께 퇴근한다. 그리고 아이를 씻기고, 집안일을 하다 보면 아이를 재울 시간이고, 아이를 재우다 같이 잠드는 날이 거의 매일이었다. 안타깝게도 내게 '쉼'이라고 할 수 있는 시간이 단 10분도 없었다는 것을 확인하게 되니 왈칵 눈물이 쏟아지고 말았다.

"엄마가 여유가 있어야 아이도 여유로운 마음으로 돌볼 수 있어요. 엄마만의 시간을 단 10분이라도 만들어 보는 게 어떨까요?"

그 말에 내 시간을 찾아보았다. 언제가 좋을까? 노트에 내 하루를 하나씩 적어 내려가는데 아무리 뒤져도 틈이 없었다. 그래서 선택한 나의 온전한 쉼의 시간은 어스름한 새벽 동트기 전 5시 30분쯤으로 정했다. 이 공간에 나 혼자 존재하고 있는 것 같은 느낌. 고요함과 여백이 가득한 공간에서 들리는 백색소음은 나를 평온하게 한다.

몇 번 하다 보니 알람 없이 자연스럽게 눈이 떠지면 10분 정도 이불 안에서 숨을 고르고 일어나 제일 먼저 찻주전자에 물을 올린다. 향초에 불을 붙이고 천천히 향을 음미한다. 물이 끓을 때까지 어스름한 바깥을 바라보고 있노라면 나를 둘러싼 시간이 아주 천천히 흐르는 것만 같다. 나는 이 잠시의 사색이 좋다. 전날 무슨 고민이 있었는지 잊게 해줄 정도로 마음을 차분하게 만들어준다.

최소한의 불을 켠 채 그냥 멍하니 있기만 했다. 아무것도 하지 않았다. 창문 밖으로 뜨문뜨문 지나가는 차의 라이트만 조용히 바라보고 있었을 뿐이다. 10여 분 정도의 시간이 흐르면 어느새 뜨거웠던 홍차는 너무 뜨겁지도 그렇다고 차갑게 식지도 않은 적당한 온도가 되었다.

차를 한 모금 머금고는 천천히 일어나 책장에 꽂혀 있던 백영옥 작가의 산문집을 펼쳤다. 『곧, 어른의 시간이 시작된다』라는 제목의 책이었다. 그 사람의 일상과 말이 눈앞에 보이듯 그려지고, 공감하기에 그리 어렵지 않은 책이었다. '이런 일상을 적는 책이라면 나도 해 볼 수 있을 것 같은데, 나도 글쓰기 한번 도전해 볼까?'라는 생각이 얼핏 스쳤다. 하지만 이내 현실과 타협하며 출근 준비를 시작한다.

분명 어제는 감정에 휩쓸려 이리저리 휘둘렸는데 고요한 아침은 차분하게 내 마음의 적정 온도를 유지할 수 있게 해주고, 한 발짝 뒤로 물러서서 객관적인 시선으로 바라보며 다시 생각할 수 있는 시간을 만들어주었다. 이 시간에 읽었던 책들 덕분에 좀 더 현명하게 상황을 바라보고 선택할 수 있는 눈을 갖게 되었다. 그리고 지금은 이렇게 글쓰기를 할 수 있는 시간이 되었고, 하루 중 가장 나다운 시간이 되었다.

어떤 때는 차를 마시며 책을 읽기보다는 생각만 하던 날도 있었다. 주변의 방해 없이 고민에 대한 사색을 한 날에는 남과 비교하며 자책하는 불완전한 마음에서 비롯된 나의 불안 때문임을 알아채게 해주었다. 어떤 날은 눈을 번쩍이게 하는 묘안을 떠올리게 해주어 하루 종일 고민하는 것보다 10배는 빠르게 해결해 주었다. 이런 고민들의 해결은 나에게 생기를 불어넣어주었고, 어떤 일이든 이겨낼 수 있는 내면의 단단한 근력이 되었다.

처음부터 새벽 시간대를 좋아했던 것은 아니었다. 나도 아침잠이 많아 오히려 자정이 넘어서까지 자지 않고 내 시간을 갖는 게 좋을 것이라고 생각했다. 그러나 그 시간대엔 하루 종일 생활하느라 피곤했던 뇌가 집중을 잘 하지 못했다. 그러다 보니 핸드폰과 TV 시청이 주가 되면서 발전하는 삶을 만들어내지 못했다. 자정이 넘어서부터는 오히려 깊은 잠을 잘 수 없었고, 뒤척이다 다음 날 아침 피곤한 몸을 이끌고 겨우 일어날 수 있었다. 뭔가 나랑 맞지 않는 것 같아 나만의 시간대를 바꿔야겠다고 생각했다.

그때 알게 된 것이 바로 '미라클 모닝'이었다. 온 세상이

고요한 새벽 시간을 이용하는 것이었는데 내 바이오리듬과 잘 맞는 것 같았다. 남들처럼 미래를 바꾸기 위해 하는 거창한 '미라클 모닝'은 아니었지만 주변의 방해 없이 온전히 나에게 집중하는 시간을 만들기엔 충분했다. 그렇게 나도 한번 가볍게 따라해 본 미라클 모닝의 첫날은 뚜렷하게 한 일이 없었지만 그래도 뭔가를 해낸 듯한 묘한 기분이 들어 하루 종일 뿌듯했다.

사실 처음에는 일어나기가 정말 힘들었다. 하지만 그 시간이 정말 갖고 싶어 밤 10시~11시 사이에 자는 것을 습관화하니 오히려 깊은 잠에 들어 6시간만 자도 푹 잘 잔 기분이었다. 지금은 알람 없이도 그 시간에 일어나게 된다.

꼭 새벽에 일어나야 나에게 집중할 시간을 갖게 된다는 것은 아니다. MBTI가 모두 다르듯이 나에게 온전히 집중할 수 있는 시간이 다를 수 있다. 중요한 것은 하루의 시간 속에서 남과 비교하지 않고 나에게 집중할 수 있는 그 잠깐의 시간이면 된다. 밤도 좋고, 새벽도 좋고 아침도 좋고, 낮도 좋다. 조용한 음악을 들으며 하는 명상도 좋고, 몸을 풀어주는 스트레칭을 해도 좋다. 그저 나를 느슨하게 풀어주는 시간을 꼭 가졌으면 좋겠다. 이 시간은 나를 무기력하게 만들었던 생각에서 벗어나 나 스스로에게 힘을 주는 단단함을 만들어 준다. 그 단단함은 타인과의 관계에서 "그럴 수도 있지."라며 여유로운 마음을 갖게 해준다.

여전히 나는 관계에 지치고 나약해져 힘들 때도 있고, 타인의 반응을 민감하게 살피며 나를 몰아세우기도 한다. 하지만 예전처럼 남들과는 다르게 나를 냉정하게 평가하고 벼랑 끝으로 밀고 가지 않으며 내 상처를 덮으려 일부러 사람들을 만나며 나를 포장하지 않는다. 나에게 필요했던 혼자만의 시간은 여유를 알게 해 주었다. 가끔 조급함이 밀려올 때면 일단 눈을 감고 일찍 잠을 청한다. 그리고 새벽에 일어나 따뜻한 차를 마시며 나만의 루틴을 실행하면서 오롯이 나에게 집중한다. 그러면 괜찮아졌다. 내가 나라는 이유 하나만으로 이 고요한 순간이 나만의 것이라는 그것만으로도 충분했다.

누구에게나 공평하게 아침은 매일 찾아온다. 그 아침을 어떻게 보낼지는 자신에게 달려 있다. 내게 집중하는 시간 속에서 나만의 루틴을 찾아보자. 새로운 습관은 무의식을 이끌어 새로운 운명을 열어줄 것이다.

6

가면을 내려놓는 시간

"휴우"

오늘도 무사히 일과를 마치고 한숨을 내쉬며 차에 올라탄다. 습관처럼 오늘 하루 어떻게 보냈나 되돌아본다. 누군가에게 말실수하지 않으면서 나 또한 상대방에게 상처를 받지 않았으니 오늘은 성공적이다.

"하아" 안도의 한숨이 절로 나온다. 이제, 나의 가족들이 있는 집으로 편안하게 가면 된다. 그제야 끌어올린 입꼬리의 긴장을 풀어 본다. 퇴근길 신호 대기 중 곁눈질로 본 룸미러 속 내 모습은 분명 편안한 상태이지만 아무런 표정이 없어 얼핏 무섭기도 하다. '아무렴 어때, 지금은 나 혼자야.'라는 생각에 어깨를 한번 으쓱한 후, 다시 차를 출발시킨다. 직장인에서 주부로 다시 출근하기 위해.

6시 50분, 집에 도착했다. 남편은 시댁에 들러 아이들을 픽업해 오고 그 사이 나는 집에 들어와 열심히 집 청소를 한다. 소파에 잠깐 기댈 여유로운 시간은 없다. 출근 전 대충 정리해 놓은 거실은 발 디디는 곳마다 버석한 느낌에 눈살을 찡그리게 만들었다. "매일 청소하는 집인데 왜 이래?" 듣는 사람 하나 없지만 들리는 혼잣말로 중얼거리며 청소기를 열심히 돌린다. 그렇게 10분 동안 이리저리 청소기를 돌리고 카펫 정리가 끝나면 몇 안 되는 아침 먹은 설거지를 한다.

7시 10분, 병원에서 뒤집어쓴 먼지를 털어내기 위해 욕실로 들어간다. 뜨거운 물에 업무상 앞으로 쏟아지는 머리를 받치느라 힘들었던 굳어진 어깨를 뒤로 젖혀본다. 그렇게 5분 정도 무엇도 하지 않고 뜨거운 물에 몸을 맡긴다. 릴렉스되는 느낌에 기분이 좋다. 한참 몸을 녹이고 있는데 밖에서 아이들과 남편이 들어온 인기척이 들린다. "엄마!!"

7시 30분, 가볍게 아이들을 안아주고 젖은 머리를 말린다. 아직은 어린 두 살 터울 남매는 들어오자마자 씻으면 좋으련만, 역시나 어떤 말이든 한 번에 들어주지 않는다. "외출복 벗어라." 말한 지 3번 만에 겨우 벗긴 벗었는데 뱀띠도 아닌데 허물 벗듯이 거실에 하나, 아이들 방에 둘, 안방에 셋 정도를 돌아다니며 벗어 놓는다. 이쯤 되면 씻고 싶을 만도 한데 하나는 자기 방 책상 앞에, 하나는 좋아하는 만화를 보러 다시 거실로 흩어졌다. "아이들! 이제 씻어라." 3번을 좋게 말해도 듣지 않는다. 그 사이 남편은 재활용 쓰레기를 정리하고, 세탁이 끝난 빨래를 꺼내고 다시 새로운 빨래 더미를 세탁기 안으로 밀어넣는다. 아이들 담당은 오늘 내 차례인가 보다.

7시 50분, 이제는 씻어야 할 시간인데 이것들은 꿈쩍도 않는다. "하나, 둘, 셋. 이런 식이면 오늘 간식은 없다." 한계에 이르렀다. 협박이 안 좋다고 하지만, 결국 경고성 협박 멘트를 하며 숫자 세기에 들어간다. 그제야 입이 잔뜩 나온 아이들이 목욕탕 앞에 선다. 그렇다고 들어갔을까? 놉!! 꿈지

락꼼지락 뭐라 뭐라 말하면서 마지막까지 버틴다. 결국, 10시간 만에 다시 만난 지 30분도 안 되어 빽 소리를 질렀다. 아이들은 흠칫 놀라며 목욕탕으로 도망치듯 들어섰다. 아직도 정리 중인 남편에게 괜히 잔소리를 한다. "뭐 이렇게 오래 걸려? 아직 멀었어?"

그렇게 나는 오늘도 아이들에게 소리를 질렀다. 8시 이후에 해야 할 일이 잔뜩 있는데, 계획대로 아이들이 움직여 주지 않자 화가 났다. 책에 나오는 온화한 엄마의 모습으로 타일러가며 아이들을 내가 원하는 행동을 하게끔 유도했어야 했는데 이성의 끈이 끊어지는 소리와 함께 무시무시한 얼굴로 화를 내고 만 것이다. 그러다 괜히 나보다 더 가정적인 남편에게까지 볼멘소리를 한다. '오늘도 화를 냈구나.' 두 눈을 질끈 감고 자책을 한다.

이상하게 사회생활보다 더 컨트롤이 안 되는 '엄마' 역할이다. 우리 엄마는 어떻게 삼 남매들을 키웠던 것인지 존경스럽다. 그때는 지금처럼 육아서적, 육아프로그램이 없었다고 했다. 비교 대상이 없으니 잘하는지 못하는지 모른 채 그냥 닥치는 대로 키워냈다고 한다. 그냥 밥하고 입히고 재우고 반복하다 보니 삼 남매가 커 있었다고. 분명히 나보다 더 열악한 상황에서 우리를 키운 것일 텐데 엄마는 별일 아니었다는 듯이 말했다. 다 그러면서 커가는 거라고, 아이들이 어떻게 엄마 시킨 데로 하면서 크겠냐고 되레 물어보았다.

하긴 나도 소파에 눕고 싶었던 마음처럼 아이들도 7시까지 바깥에서 나름의 사회생활을 하다 돌아와 편안한 집에서 쉬고 싶었던 것뿐이었는데, 나는 그 마음 애써 모른 척 공감 못 해주고 선생님처럼 시간에 맞춰 아이들을 컨트롤 하고 있었던 것이다.

"엄마는 화내기 대장이야."

5살 아들의 정곡을 찌르는 말에 괜스레 미안했다. 한편으로는 이런 말을 들은 상황에 짜증이 났다. 다른 사람에게 상처 주지 않으려 노력했던 내 계산기는 퇴근 전 병원 책상에 놓고 온 건지 집에서는 날카로운 단어를 마구 뱉어냈다. 나는 왜 집에만 오면 이렇게 화를 낼까?

뇌 과학자 정재승 박사는 "나를 인지하는 뇌 영역과 타인을 인지하는 뇌 영역은 나와 가까운 관계일수록 나를 인지하는 영역에 가깝게 저장되어 있다. 내가 나라고 인지할 정도로 가깝기 때문에 내 마음대로 통제하고 싶어서, 나와는 다른 존재지만, 내 마음대로 통제되지 않으면 불같이 화가 나는 것이다."라고 말했다.

그렇다, 가족은 내가 아닌 타인인데도 불구하고, 내가 컨트롤 하고, 내 팔다리와 같이 움직여야 하는데 움직이지 않으니까 화가 난 것이다. 분명 그들은 나와는 다른 생각을 하고 있는 '인간'인데 말이다. 자꾸만 그걸 잊는다. 마치 내 소유물인 냥. 그러다 보니 필터를 거치지 않고 마구 말을 쏟아냈고 비수가 되어 아이들과 남편에게 꽂혔다. 말로 상처 주지 않는 성군이었던 상사가 집에서는 아무런 말이나 감정적으로 내뱉는 폭군 엄마가 될 수밖에 없었던 이유였다.

집에서는 '착한 사람 가면'을 벗어도 된다는 것은 어디서 나온 생각일까? 아니, 애초에 '착한 사람'이 왜 되려고 한 것일까? 소중하고 사랑하는 가족을 위해 일을 하면서 그 일 때문에 힘들어서 가족에게 화를 내는 이 어이없는 상황에 웃음이 나왔다. '일'을 하기 위해 쉼이 필요하고, '일'을 하기 위해 무언가를 해야 하고. 그런데 그 시간이 내 계획대로 진행이 안 되니까 가족들에게 화를 내는 상황. 주객전도가 되지 않으려면 다시 마인드 컨트롤이 필요했다. 가면이 아니라 진짜 편안한 '내'가 되어야 한다. 타인의 눈치를 보다 보면 어느새 자꾸만 '진짜 나'를 잊고 가면을 쓰게 된다. 잘 보여야 한다는 강박에 사로잡혀 감정을 컨트롤한다. 조금만 내려놓자. 모든 것을 다 완벽하게 할 수는 없다.

아이들을 재우고, "빨리빨리."라는 워킹맘의 단골 멘트를 빼고 할 수 있는 말을 찾기 위해 책장에 꽂혀 있던 육아 심리학책을 펼쳤다. 모두가 잠든 고요한 밤, 가면을 내려놓는 진짜 나만의 시간이다. 한정적인 내 시간을 소중히 생각하며 이 시간을 온전히 누린다. 이제 편안해졌다. 내 마음의 여유가 생기니 가족들에게 더욱 미안해졌다.

내일은 절대 오늘과 같은 짜증을 보이지 않겠다 다짐하고, 상처 주지 않을 말들을 골라 몇 번 머릿속으로 연습하고 다시 잠을 청해 본다.

7

문어발식 에너지 분산이 필요한 때

병원을 이직한 지 얼마 되지 않았을 때 친해진 지 얼마 안 된 동료가 역류성 식도염으로 병원을 다녀온다고 했다. "최근에 결혼 준비하면서 신경을 많이 썼나 봐요."라고 물었더니 그건 수월하게 잘 지나갔는데 일하면서 받은 스트레스 때문에 생긴 위장장애라고 했다. 겉으로 유쾌하고 재밌는 농담으로 분위기를 좋게 만들었던 그녀에게 어떤 힘든 일이 있었기에 그랬을까? 무슨 일인지 궁금했지만 이유보다는 위로와 공감이 필요하다는 생각이 들자 목에 걸렸던 질문을 다시 삼키고 등을 가볍게 토닥거려 주었다.

그러고 보니 나는 요즘 '왜 관계의 스트레스가 적은 것일까?'라는 생각이 들었다. 아이러니하게도 나는 여전히 여자들이 많은 병원에서 근무하고 있는데도 불구하고 예전만큼 스트레스가 극심하지 않았다. 스트레스 정도를 숫자로 표현하자면 10을 기준으로 봤을 때 초년생 때는 7~9, 20대 후반쯤에는 평타 6~8, 요즘은 고작 2~3 정도였다. 스트레스 지수는 내 얼굴에 나타났던 뾰루지를 근거로 숫자화한 것이다.

스트레스는 피부 속에서 염증성 물질을 방출하는데, 이 물질은 스트레스 호르몬인 '코르티솔'로 여드름을 악화시킬 수 있다. 스트레스에 반응해 분비되는 물질들은 피부의 면역 기능에도 영향을 미친다. 스트레스로 면역체계에 불균형이 발생하면 우리 몸은 바이러스, 박테리아, 곰팡이 등에 대항할 능력이 감소한다. 이로 인해 여드름, 건선, 피부염 등 각종 피부 질환이 활성화된다.

지금 나의 피부는 이마에서 광이 나고 뾰루지는 3개월에 한 번 올라올까 말까 하는 정도다. 예전의 내 피부 트러블은 피지분비와 순환 문제가 원인이었을 수도 있겠지만 유독 스트레스를 받으면 이마와 관자놀이에 뾰루지가 올라오곤 했다. 그런데 신기하게도 요즘은 피부 트러블에 대한 걱정이 거의 없었다. 왜 이렇게 되었을까? 그렇다고 비싼 화장품으로 바꾼 것도 아닌데 스스로 생각해도 무척 신기했다.

생각해 보니 나의 관심도가 많이 분산되어 있다. 일이 끝나면 가정으로 다시 출근하는 생활을 10년째 하고 있다 보니 자연스럽게 병원에서의 스트레스를 집에까지 꾸역꾸역 들고 오지 않고 털어버릴 수 있었다. 한 가지 생각을 골똘히 할 시간이 없었다. 물론, 중간관리자로서 해야 하는 매뉴얼이나 교육프로그램에 대한 커리큘럼은 회사에서 집으로 가지고 온다. 다만 이 일은 상호 감정 교류가 없기에 관계 스트레스 없이 혼자 집에서 마무리할 수 있는 일이었다. 단, 부정적인 감정에 대한 것은 퇴근하면서 차에 두고 내린 것이 효과가 있었다. 내 부정적인 감정을 굳이 아이들과 남편에게 전염시키고 싶지 않았다.

예전에는 어떤 일이든 내가 다 알아야 했고 해결해야 했다. '나 아니면 안 된다.'는 생각 때문에 체력적인 한계를 고려하지 않고 여기저기 나서서 일을 했다. 직원들 간의 잡음도 꼭 다 알아내서 해결해야만 했고, 솔로몬이 된 듯이 판결까지 내리곤 했다. 피곤한 사회생활을 자처하고 있었다. 게다가 어디선가 누군가에 무슨 일이 생기면 갑자기 나타나는 태권 V처럼 짠 하고 나타나 도와주겠다고 나의 쉼을 포기하며 일했다.

자발적으로 나섰던 이런 도움을 상대는 고맙게 생각했을까? 예상한 대로 그들은 고마워하지 않았다. 오히려 내가 좋아서 하는 일이니 당연히 하는 일이라고 생각했다. 간혹 내가 지치거나 힘들어서 나서지 않으면 오히려 서운해했다. 배려가 당연시되면서 고마움은커녕 꼭 해야만 하는 당연한 것이 되어버렸다. 나는 고마워하지 않는 그들에게 서운했고, 당당히 바라는 그들에게 어찌해야 할지 몰랐다. 결국 내 에너지는 방전됐고, 깜빡이는 전구처럼 충전되지 못한 채 억지로 출근해야 했다. 누굴 원망하겠는가? 시키지도 않은 일에 에너지 분산을 못 한 내 탓을 해야지.

이직을 하고 나서야 몹쓸 책임감을 내려놓게 되었다. 다만 역량이 부족한 후배 동료에 대한 서포트는 꼭 필요한 책임감으로 분류했다. 그 부분을 빼고 친한 사이지만 도움을 요청하지 않는 감정적인 일과 내가 아니어도 해결이 되는 업무적인 일에 대해서는 신경 쓰지 않기로 했다. 그렇게 내 에너지를 아꼈다.

에너지보존의 법칙에 따르면 절대 에너지량이 있기에 한 군데 몰아 쓰면 다른 곳에서는 쓸 수 없다. 그렇기에 내 에너지를 어디에 집중할지 잘 선택해야 한다. 특히 워킹맘은 일이 끝났다고 끝난 게 아니다. 집으로 또 다른 출근을 해야 하기에 에너지를 아껴야 한다. 이때 필요한 것이 '문어발식 에너지'다. 사실은 괜찮지 않은데, 괜찮다 하며 감내해야 할 일이 자주 있다면 지금이 바로 나의 에너지를 분산해야 할 때다. 너무 신경 쓰지 말고, 너무 매달리지 말자.

8

착한 게 아니라 멘탈이 약한 것이다

12월 31일 밤, 모두가 잠들고, 혼자 TV 앞에 앉았다. 치열하고 어수룩했던 20대의 시간이 저물고 행복하길 바라는 30대의 시작을 알리는 새해의 카운트다운을 마음속으로 같이 세고 있었다. 그러다 문득 의문이 들었다.

'지금까지 나의 사회생활은 무엇이 부족해서 극심한 근육통을 앓고 있었던 것인가?'

10대 시절의 애정결핍이라고 하기에는 핑계 같았고 20대의 스쳐 가는 나쁜 인연의 탓으로만 보기엔 내 잘못도 있는 것 같았다. 길게 생각이 이어지려는 찰나 TV 속 환호와 함께 새해를 알리는 제야의 종소리가 들리기 시작했다. 곧 정신을 차리고 소원을 빌었다. '부디 30대 사회생활은 순탄하게 흘려보낼 수 있는 용기와 인내를 갖게 되길 바랍니다.'

결혼을 하고 통영이라는 낯선 땅에서 새로운 삶이 시작되었다. 설렘과 두려움. 여행에서 느꼈던 두 감정이 교차되는 것을 이곳에서도 느꼈다. 다른 게 있다면 그곳은 잠시 머무른 곳이고, 이곳은 내가 앞으로 살아가야 할 곳이라는 것. 이곳에서 모든 상처를 애써 덮어버리고 새롭게 시작하고 싶었다. 안 그래도 서울에서 온 깍쟁이로 선입견이 있던 사람들에게 예민하게 보이고 싶지 않았다. 그래야 여기서 새로운 출발과 함께 제대로 된 적응을 할 수 있을 것 같았다.

모두에게 착한 사람이고 싶지는 않았다. 그렇다고 상대방에게 날을 세워가며 나의 자리를 지켜야만 하는 에너지 소비는 더욱 하고 싶지 않았다. 그래서 생각해낸 것이 '나 홀로 즐기기'였다.

서울에서의 생활은 늘 만남의 연속이었다. 혼자인 게 싫어 쉬는 날이 되거나 저녁에는 무조건 약속을 만들었고, 사람과 어울리려 노력했다. 그 시간 안에서 상대방의 시선 안에서 호의적인 모습으로 비치길 바랐다. 나라는 사람이 괜찮은 사람으로 보이길 바랐다.

나는 온갖 재밌고, 자극적인 대화를 던지며 사람들의 표정을 살폈다. 항상 내 시선 끝은 상대방의 눈빛을 향했다. 만족스러운 표정을 본 날은 성공적인 날이었고, 잠깐이라도 불편한 기색이 스친 날에는 자책하며 실수가 있었는지 곱씹었다. 그렇게 집으로 돌아오면 혼자 망상하며 미움받을지도 모른다는 생각에 이불 킥 하며 밤을 꼴딱 새웠다. 어떨 때는 그 생각이 지나쳐 안 맞는 사람을 이해하려 나를 틀 안에 가두기도 했다. 남이 보는 내 모습에 지나치게 신경 쓰느라 시간을 쏟았고, 그들의 평가에 그날 하루 내 기분도 결정되었다. 그렇게 나를 휘두르다 보니 곧 에너지가 방전이 되었다.

힘들면 안 만나도 될 텐데, 그러지 못했다. 혼자가 될까 봐 두려워 다음 날 또 다른 상대를 물색했고, 상처받고, 또 다른 사람을 물색하는 나쁜 패턴을 반복하는 생활이 계속

이어졌다. 나의 조바심이 부담이 된 것인지 또는 상대에게 내가 너무 가벼워 보였던 것인지, 상대방이 먼저 연락이 와서 함께하자는 약속은 거의 받을 수 없었다. 늘 내가 먼저 다가가서 시간 괜찮냐고 물어봤다. 씁쓸했다. 분명 관계는 상호작용인데 늘 나만 안달복달하는 것 같았다. 다들 나를 궁금해하지 않는 것인지, 내가 항상 먼저 "만나자."라고 말하는 게 부담스러운 건 아닌지 나도 모르게 또 눈치를 보고 있었다.

나는 굉장히 예민한 사람이다. 늘 밝게 웃으며 활기차 보여서 대부분의 사람들은 그 사실을 모를 것이다. 아니 몰랐으면 좋겠다. 나의 장점이라고 하기엔 아무래도 약점 같아 다른 사람들은 몰랐으면 좋겠다. 사람의 감정을 잘 캐치하기 때문에 일에서는 실수가 거의 없었지만, 개인적 관계에서는 늘 약자가 되었다. 조금만 이상한 낌새가 보이면 지레 겁을 먹고 눈동자를 굴렸다.

통영에서는 같은 실수를 범하고 싶지 않았다. 무엇보다 내가 너무 힘들었다. 일부러 남들과의 시간을 가지려고 하지 않고, 오롯이 내게 집중했다. 재미 없어도 억지로 웃지 않아도 되고, 일부러 들으려 하지 않아도 되고, 무언가 말해야 할 것 같은 강박에 사로잡히지 않아도 되는, '내가 가장 중요한 나만의 시간'을 만들었다.

일을 할 때는 일에 문제가 생기지 않고 원활하게 잘 돌아갈 정도로만 관계를 맺었다. 내가 다치지 않는 선에서 배려했고, 나를 갉아먹으면서 억지로 짜낸 배려는 하지 않았다. 당연히 예의와 정중함을 담았고, 미소도 지었다. 거짓은 아니지만, 그렇다고 온전히 즐거워서 짓는 미소는 아니었다. 딱 필요한 만큼, 내가 아프지 않을 만큼 보이지 않는 '선'을 그었다.

처음에는 혹시라도 알아채지는 않을까, 가식이라고 말하지는 않을까 전전긍긍하기도 했지만, 사람들은 다른 사람에게 그다지 관심이 없다는 것을 알게 되었다. 오히려 이런 내 모습을 더 좋게 봐주고, 친절하고 좋은 사람으로 인식했다. 행복해지려면 다른 사람들과 지나치게 관계 맺지 말아야 한다는 말의 뜻을 이제야 알게 되었다.

행복은 외부에서 오는 것이 아니다. 내면에서 비롯된다.

내면이 아프고 상처투성인데 외부에서 아무리 사랑을 준들 행복할 수 있을까? 그 사랑을 믿지 못하고 오히려 밀어내고 말 것이다. 내가 먼저 단단해져야 한다. 어느 바람에도 흔들리지 않고 꿋꿋이 나아갈 수 있는 단단함. 상대의 눈치를 보며 다 맞춰주는 것은 친절한 것이 아니라 멘탈이 약한 것이다. 스스로 무너질까 봐, 남들에게 상처받을까 봐 보호막을 친 것뿐이다. 이제 그 얇디얇은 보호막은 찢어버리자. 내가 나를 믿으면 그 어떤 공격에도 흔들리지 않을 것이다.

“자신을 믿는 순간 어떻게 살지 알게 될 것이다.”라는 괴테의 말처럼 스스로를 믿자. 당신은 너무 멋진 사람이다.

여행이 내게 주는 선물

4장

광활한 대지
미국에서 얻은 성취감,
그리고 행복

12월, 한겨울임에도 포근했던 날, 내가 가장 좋아하는 친구 상희 그리고 혜원이와 롯데백화점 본점 앞에서 만나기로 했다. 이맘때면 늘 백화점과 옆 호텔은 크리스마스 준비로 한창이다. 스쳐 지나가던 사람들까지도 핸드폰 카메라를 꺼내게 만드는 아름다운 모습을 감상하기 위해 서둘러 준비하고 나갔다. 26살이 된 우리는 여전히 중학생의 앳된 모습 그대로였다. 나는 장난기가 가득한 얼굴로 농담을 했고, 혜원이는 웃음 버튼이 눌러져 하하하 웃는다. 상희는 시크하게 툭툭 내뱉지만 애정이 담뿍 담겼다.

"나 이제 미국에 나가. 샌디에고로 갈 거야."

상희의 말이었다. 혜원이는 이미 알고 있는 듯 고개를 끄덕였고, 나는 처음 듣는 소리에 너무 놀라 눈을 동그랗게 뜨고 쳐다볼 뿐이었다.

상희는 졸업 후 2년 동안 조교 생활을 하면서 전문학사에서 학사 학위를 취득했고, 연세대학교 대학원을 다니며 석사를 준비하면서 종로의 영어 학원을 몇 년 동안 다니고 있었다. 어학연수를 준비하고 있다고는 알고 있었지만 그 시기가 생각보다 빨리 왔던 것이다. 역시 멋있는 녀석이었다. 그런 상희를 앞에 두고 감탄하다 곧 정신을 차리고 혜원이와 나는 미국 여행을 계획하기 시작했다. 우리 중 리더 역할을 맡고 있던 상희가 미국에 있을 때 본토여행을 준비해보기로 한 것이다. 심장이 안 좋으셨던 혜원의 어머니도 수술 후 안정을 되찾으셨고, 나도 내 일에서 어느 정도 기술을 익혔고, 그만두고서라도 여행을 다녀와도 될 것 같았다.

그해 겨울, 우리 셋은 미국으로 떠난다는 설렘에 트리보다 더 반짝거리는 눈으로 서로를 바라보았다. 상희는 며칠 후 바로 떠났고, 혜원이와 나는 다행히 상사들의 도움으로 유급+무급으로 일을 그만두지 않고 여행할 수 있는 기회를 얻었다. 단지 흠이라면 한 달간의 여행이 목표였으나 2주밖에 시간을 부여받지 못했다는 것이다. 왕복 비행기에서 2박 3일을 보내야 했기에 2주라고 해도 그리 넉넉한 시간은 아니었다.

미국은 굉장히 넓었다. 모든 땅을 다 한 번에 둘러볼 수 없었기에 샌프란시스코 3박 4일, 샌디에고 3박 4일 일정으로 미국 서부여행을 계획했다. 샌디에고 일정은 공부하는 상희에게 부담이 될 수 있어서 월요일부터는 샌프란시스코를 계획하고, 샌디에고에서는 상희의 어학원 수업이 없는 주말을 붙여 목요일부터 관광하기로 했다. 우리 중 영어를 제일 유창하게 구사할 수 있는 상희 없이 샌프란시스코를 혜원과 나 둘이서 가게 된 것이다. '우리 둘이 잘할 수 있을까?' 하는 걱정보다는 설렘에 어떻게든 될 것이라 생각하며 일단 부딪혔다.

사실 샌프란시스코는 전에도 한 번 왔던 적이 있다. 외할머니는 외삼촌 가족과 함께 이곳으로 이민 오셨었고, 중학교 때 엄마의 미국행을 위해 사전조사 차 와 본 적이 있었다. 그 때 외할머니와 함께 유명한 관광지를 여러 교통수단을 이용하며 다녔던 기억이 아직 남아 있었다. 아마도 교통편은 크게 변하지 않았으리라. 그렇게 우리들의 무작정 여행이 시작되었다.

미국의 악명 높은 서비스를 자랑하는 유나이티드 항공을 타고 약 10시간 만에 도착한 샌프란시스코는 4월이었지만 1년 내내 우리나라의 가을 날씨를 유지하고 있었다. 우리가 가져온 얇은 가을 외투에 얇은 머플러를 둘러도 좀 추운 느낌이 들었다. 하지만 아무렴 어때. 우리는 지금 미국이었고, 이 차가운 바람도 우리에겐 행복이었다. 외사촌 오빠의 도움으로 공항 픽업부터 다운타운 호텔 체크인까지 무사히 마치고 본격적으로 여행이 시작되었다. 호텔로 가는 내내 다운타운은 저녁만 되면 우범지대가 되는데 무섭지도 않냐며 몇 번이나 잔소리를 듣긴 했지만, 시작이 좋았다.

2011년, 구글맵이 없던 시절이었다. 어디서 났는지 지금은 기억도 안 나는 곳에서 종이 지도를 구해 볼펜으로 그려

가며 여행을 다니기 시작했다. 지금은 상상이 안 되는 일이겠지만 당시 우리나라는 내비게이션도 흔하지 않아 조수석에 앉아 종이지도 책자로 강원도 평창의 펜션 길을 안내하던 때였다. 미국의 길 또한 종이지도 한 장이면 구석구석 찾을 수 있는 자신이 있었다.

10년이 지난 싸이월드 속 사진첩에서 그 자신하던 모습을 볼 수 있었다. 지도 보는 내 사진 밑에 혜원이의 "길 완전 잘 찾는 황솔아."라는 댓글이 달려 있다. 그렇게 나는 인간 내비게이션이 되었고, 혜원이는 영문 독해를 해주었다. "혜원아 이거 뭐라고 써 있어?", "혜원아 나 이렇게 말하고 싶은데 뭐라고 말해야 해?" 등등 내가 묻는 말에 쉽게 독해해주기도 하고, 간단한 문장을 만들어주기도 했다. 그러면 나는 또 그걸 고스란히 받아 말로 전달했다.

그렇게 우리의 3박 4일은 겁 없이 지하철을 타고 외곽의 '골든게이트파크'로 나가기도 하고, 샌프란시스코의 관광 트레이드 마크였던 케이블카를 타고 '피셔맨즈와프'를 나가기도 했다. 기욤 뮈소의 소설에 등장했던 '롬바드길'을 걸으며 남의 집 빨간 차고 앞에서 사진도 찍고, 동양인이 한 명도 없던 '유니온스퀘어' 스타벅스에 들러 '카페모카' 주문을 못해 쩔쩔매기도 했다. 샌프란시스코는 워낙 관광객의 방문이 많기에 어딜 가든 너그러웠고, 간단한 단어만으로도 유명한 음식을 주문할 수 있었다. 영어를 못해서 영어를 하는 나라를 기피했었는데 간단한 단어와 몸짓만으로 통하다니! 역시 만국공통어는 '보디랭귀지'였다. 우리는 행복하게 3박 4일을 보내고, 목요일 이른 아침 상희가 있던 샌디에고로 출발했다.

샌디에고는 샌프란시스코와 같은 서부에 있으면서도 전혀 다른 풍경과 다른 기후를 가지고 있었다. 멕시코 국경에 접해 있던 곳이었다. 그곳에서 만난 상희는 몇 달 만에 검게 그을려 있었다. 상희 곁에는 동서양 구분 없이 많은 친구들이 있었다. 역시 한국에서의 성격 어디 안 가는구나! 무리의 리더가 되어 친구들 사이에 둘러싸인 채 우리에게 손을 흔들었다. 반가웠다. 여전한 그녀의 미소도 반가웠고, 오랜만에 만난 친구의 숨길 수 없는 당당함도 반가웠다.

그곳에서 상희의 안내로 유명 관광지를 다니며 구경했다. 그중 제일 기억에 남았던 것은 '씨월드의 범고래쇼'였다. 돌고래가 아닌 범고래들의 현란한 퍼포먼스 쇼였는데, 거대한 범고래들이 사람들이 보내는 신호에 맞춰 일사불란하게 움직이는 모습이 신기했다. 한편으로는 자유롭게 바다를 누비며 다녀야 할 범고래들이 사람들 손에 붙잡혀 저 큰 몸집으로 좁은 수조 속에서 힘들게 훈련했을 모습을 생각하니 안쓰럽기도 했다.

'발보아파크의 스페니쉬 빌리지'도 좋았다. 보라색 꽃이 바람에 휘날리며 형형색색의 타일이 깔려 있던 길에 살포시 떨어지는 모습이 마치 눈 같기도 하고, 오로라 같기도 해서 한참을 바라보았다. 그 풍경은 흡사 황홀경을 보는 듯했다. 뜨거운 햇빛을 피하려 쓰고 있던 선글라스를 벗고, 그 풍경을 뇌리에 깊게 새기려는 듯 한 장, 한 장 눈으로 사진을 찍으며 보았다. 덕분에 12년이 지난 지금 그날의 향기는 잊혔지만 그날의 색감과 풍경은 지금까지도 생생하게 떠오른다.

우리는 아쉬움을 뒤로한 채 6개월 정도 더 머무를 상회와 포옹을 하며 존경과 격려의 인사를 나누었고, '리틀 이탈리아'에서의 마지막 식사를 끝으로 한국으로 돌아올 수 있었다. 앤드류 매튜스 작가는 "우리는 목적지에 닿아야 행복해지는 것이 아니라, 여행하는 과정에서 행복을 느낀다."라고 말했다. 미국여행은 내게 많은 것을 남겼다. 영어도 못하고, 인터넷도 안 되는 곳에서 지도 하나 들고 직접 하나하나 찾아다녔던 경험은 내게 할 수 있다는 성취감을 안겨주었다. 수줍음이 많았던 혜원도 전에 없이 당당한 모습이었고, 부족한 내 영어실력을 뒷받침해주었다. 서로의 부족한 점을 채워주며 낯선 땅을 활보했던 우리. 만약 생각만 하고 지레 겁먹고 실행에 옮기지 못했다면 절대 느끼지 못했을 행복이었다.

26살에 느꼈던 그 충만함은 10년이 지난 지금도 여전히 내게 남아 내가 힘들고 흔들릴 때마다 지탱해주는 두터운 방어막이 되었다.

2

자존심 말고 자존감 키우기

첫 자유여행에서 성취감을 얻었다. 비록, 바로 출근하게 되면서 다시 병원 안에서 쳇바퀴를 열심히 돌렸지만 그때의 해냈다는 성취감은 그전과 다르게 나에게 생기를 불어넣어 줬다. 이래서 사람들이 여행을 다니는구나 싶었다. 여행이라는 작은 이벤트는 나에게 행복한 미래를 꿈 꿀 희망을 주었다. 자신감이 생기니 자존감도 절로 올라갔다. 힘들 때마다 마치 자양강장제를 먹는 것처럼 이날을 떠올리면 힘이 솟았다.

무엇 하나 내세울 것 없다는 핑계로 구석에 꽁꽁 숨어 있었던 10대 시절. 더 이상은 밟히지 않겠다며 결핍된 자신감을 자존심으로 부풀려 어느 순간 적대적인 눈을 하고 방어적인 자세를 취하며 공격받기 전 내가 먼저 공격했다. 일부러 더 크게 소리를 지르고 독한 말을 쏟아 내기도 했다. 내가 아닌 남이 더 사랑받는 것에 질투하고, '나는 왜 그렇게 되지 못할까?'라며 비교했다. 가난했던 유년시절을 남들은 절대 모르길 바라면서 속으론 나를 책망하며, 겉으론 더 당당한 척했다. 그들 나름의 고충은 공감되지 않는, 내 것과는 다른 가벼운 상처일 뿐이었다. 오직 나만이 가장 힘들고, 불행한 사람으로 보였다. 그렇게 열등감에 찌들어 있던 나는 웃어도 웃는 게 아니었다. 가끔 그때 사진을 보면 나만이 알 수 있는 어두침침한 아우라가 풍겨져 나왔다. 그래서인지 17살 내 사진은 그리 많지 않다.

나 스스로 친구들과의 관계에서 한 칸 아래 있다 생각했다. 그런 자격지심으로 친구들과 감정적으로 종종 부딪혀 힘들었다. 바보 같고 멍청한 내가 싫었다. 누군가에게 털어놓으면 치부가 될까 두려워 혼자 끙끙 앓았다. 곪을 대로 곪다가 터져버려 가족들에게 예민하게 굴었고, 아름다워야 할 고등학교 시절은 낭창낭창한 외나무다리를 걷는 것 같았다.

분명 아무도 뭐라고 하지 않았는데 나 혼자 굴속을 파고 들어가며 스스로를 비난하고 자책했다. 자존감은커녕 자신감조차 없었다. 나 자신이 바로 서지 않으니 다른 사람들의 말에 쉽게 흔들릴 수밖에! 부정의 감정은 부정의 것을 끌어온다고 하던가? 정말 신기하게도 내가 그런 부정의 아우라를 뿜어내니 부정의 말과 부정의 사람들이 내 주변을 맴돌았다. 악순환의 반복이었다. 벗어날 수조차 없었다. 그들에게 왜 그런 처우를 받아야 했는지 납득하지 못해 화가 났다가도 곧, 자기 합리화 속에서 '맞아, 내가 그렇지 뭐.'라고 인정하며 스스로를 혐오하게 되었다.

그랬던 나에게 26살의 여행은 스스로를 특별하고 소중하게 여길 수 있는 법을 알려 주었다. 잘 보이고 싶어 거짓과 가식으로 뒤덮은 것이 아니라 건강한 성취감을 맛보았다. 아무리 해도 늘지 않던 영어는 아무런 걸림돌이 되지 않았고, 오히려 하고자 하는 용기만 있다면 어쩌면 나도 미국에서 생활할 수 있겠구나 싶었다.

이 여행을 시작으로 나의 자유여행이 시작되었다. 한 번의 용기는 내게 할 수 있다는 자신감을 심어주었다. 절대 단점을 인정하지 못하고 꽁꽁 숨기기 바빴던 지난날들과 달리 영알못이라는 단점을 당당하게 드러내고, 부족하지만 보디랭귀지로 자유롭게 여행을 했던 그때. 그때가 가장 자존감이 폭발했다. 이는 나를 믿는 힘으로 되돌아왔다. 그 힘 덕분에 우리는 지치지 않았고, 여행 내내 행복했다. 그리고 지금까지도 나를 지탱해주는 뿌리가 되었다.

혹시 지금 '내가 할 수 있을까?'라고 고민하는 일이 있는가? 자신이 없는가? 시작이 반이라고 했다. 시작도 하기 전에 두렵다는 이유로 스스로 한계를 만들지 말자. 거창한 시작이 아니면 어떤가?

"해 보지 않고는 당신이 무엇을 해낼 수 있는지 알 수가 없다."

프랭클린 아담의 말을 기억하자. 일단 하면 된다. 못 먹어도 Go!!

3

나는 어디든 갈 수 있어

사람은 참 간사하다. 여행이 즐거워 돌아가고 싶지 않았건만, 인천공항에 도착해 입국 수속을 밟을 때쯤 되니 여행의 아쉬움보다는 집에 도착했다는 안도감이 더 크게 나를 휘감았다. 어쩌면 좁은 이코노미석에서 12시간 정도 몸을 구기고 오다 비행기에 내려 다리를 쭉 펼 수 있게 된 공간적 해방감 때문일지도 모르겠다.

아무리 나에게 호의적이었고, 발길 닿는 곳곳마다 즐거

운 추억만 가득했던 여행이라지만 우리는 그저 잠깐 방문한 이방인에 불과했다. 언제고 떠나야 하는 이방인. 소속감 없는 그곳에서 약간의 불안감도 함께했다. 내가 있던 자리를 떠나게 돼서야 내가 있던 자리의 소중함과 소속의 안락함을 알게 된 것이다.

한편으로는 가슴 한쪽이 뻥 뚫린 듯 메워지지 않았다. 일장춘몽 같았던 그곳의 느낌이 나의 자리로 돌아와 다시 마주하는 일상생활 동안 문득문득 툭 튀어 올라와 허탈하기도 했다. 그저 씁쓸한 미소만 지을 뿐.

자꾸만 왔다 갔다 하는 내 마음을 달래기 위해서라도 무언가 필요했다. 꿈처럼 날아가지 않을, 일상 속의 업그레이드가 필요했다. 궁리했다. '무엇을 해야 진짜 여행하는 기분으로 나의 일상을 벅차게 보낼 수 있을까?' 잠깐 즐거웠던 추억으로 남기기엔 아까웠던 미국에서의 순간들이었다. 좀 더 성숙하고 좀 더 새로워지는 나를 만나고 싶었다. 조급한 마음과는 다르게 쉽게 생각이 떠오르지 않았다. 이 자체만으로도 나를 괴롭히는 스트레스가 되는 것 같았다.

그렇다. 나에게 여행은 고민의 결과가 아니었는데 또 습관처럼 같은 생각 패턴을 반복하고 있었다. 전과 다른 시선으로 일상을 바라보겠노라 했던 다짐을 또 잊어버리고 만 것이다. 천장만 바라보고 누워 멀뚱멀뚱 별 의미 없는 생각만 하다 벌떡 일어나 곧장 대형 서점으로 달려갔다. 목적이 있던 것도 아니었다. 그냥 지금의 뭘 하고자 하는 생각조차도 환기시키고 싶었다.

서점에 도착하자마자 여행 코너의 베스트셀러를 둘러보았다. 유럽, 일본, 중국, 인도 배낭여행 책자들이 차례대로 꽂혀 있었다. 거기서 가고 싶은 곳 한 곳을 정해 실제 여행계획이 있는 것처럼 훑어 나갔다. 주변 지인들의 프랑스, 이탈리아, 독일, 스위스의 여행 얘기를 익히 들어 익숙했던 곳을 제외한 나머지 유럽 국가 중 스페인의 바르셀로나가 제일 매력적으로 다가왔다. 안토니 가우디의 건축물들이 나의 호기심을 자극했다. 아직도 건설 중인 성당 '사그라다파밀리아'의 외부도 유명했지만, 스테인드글라스 창문에 비치는 빛은 책자 속 사진이지만 환상적이었다. 거기에 각진 곳 없는 감각적인 곡선이 건물을 둘러싸고 있던 '카사밀라' 또한 책장을 넘기지 못하게 했다.

그렇다. 나는 머리로 하는 여행을 선택하기로 했다. 그곳의 낯선 공기 냄새와 낯선 땅의 질감은 직접 느껴보지는 못했지만 책을 읽으며 상상하는 것만으로도 떠나고 싶어졌다. 현실만 한탄하기에는 '진짜 여행'의 선물이 너무 아까웠다. 방에 누워 '어떻게 하면 이 느낌을 이어 갈 수 있을까?'를 궁리했던 것이 아니라 실행하지 못하는 이유에 대해서만 줄기차게 나열하고 있었다. 갈 수 없다면, 독서를 통해서라도 상상하는 여행을 하고 싶었다.

한참 동안 '상상 여행'을 즐기던 나는 문득 스페인을 가야겠다는 생각이 들었다. 그토록 '나는 못 가.', '갈 수 없는 상황이야.'라고 못 할 이유만 나열하던 내가 마음을 비우니 '확' 하고 내 가슴속에 꽂힌 것이다. 목적지를 정하고 나니 그다음 순서는 명확해졌다. 바로 '영어 공부하기!' 영어를 못해도 큰 어려움 없이 여행을 했지만 사실 더 잘해서 나간다면 더 많은 것을 경험해 볼 수 있을 것 같았다. 지금이야 구글 번역기를 돌리면 필요한 말을 해석할 수 있지만, 그땐 핸드폰 번역기가 상용화되기 전이었으니 공부를 해야겠다는 마음부터 먹었다.

그리고 달력을 보며 날짜부터 잡았다. 6박 7일! 어떤 루트로 갈 것인지, 숙소는 어떻게 할 것인지 벌써부터 머릿속이 복잡해졌다. 나는 상상 여행을 즐겼던 것처럼 다시 잡생각을 떨쳐내고 지금부터 내가 해야 할 목록부터 작성해나갔다. 당장 해야 할 것부터, 시간을 두고 천천히 할 것으로 분류하니 조급함이 사라졌다.

마음만 먹으면 어디든 갈 수 있다. 꼭 해외가 아니더라도, 가까운 곳을 갈 수 있고, 상황이 여의치 않으면 나처럼 책으로 상상 여행을 갈 수도 있다. 책은 간접경험을 통해 많은 것을 배울 수 있게 해준다. 그러니 지금 상황을 탓하지 말고, 내가 할 수 있는 것부터 하자.

나는 어디든 갈 수 있다.

4

여행 파트너를 대하는 방법

전 세계적으로 위협이었던 코로나가 아직은 없었던 34살 즈음에 일이다. 고등학교 친구들과 후쿠오카 여행을 가게 되었다. 아이가 없는 친구 한 명과 아이가 있는 친구 3명, 이렇게 유부녀 4명의 여행이 시작되었다. 이번 여행에서도 나는 구글맵을 꺼내 길 안내를 자처했다. 지도 보는 게 딱히 어렵지도 않았고, 목적지를 빠르게 찾는 것도 꽤나 재미있었다.

내가 지도를 보며 길 안내를 하자 친구 하나가 "오 지도 잘 보네. 남은 기간도 잘 부탁해."라며 칭찬 섞인 말을 했다. 좋았다. 별것 아니지만 뭔가 내가 도움이 된다고 생각하니 어깨가 한껏 올라왔다. 칭찬에 날아갈 것 같아 더 열심히 지도를 보며 길을 찾아다녔다.

우린 고등학생 때로 돌아간 것처럼 짓궂은 장난과 시답지 않은 농담을 하며 후쿠오카를 내 집처럼 휘젓고 다녔다. 어느덧 여행 마지막 날이 되었고, 유명 백화점에 가기로 했다. 호텔 체크아웃을 한 상태라 큰 여행 가방을 든 채로 백화점을 다녀야만 했다. 낑낑거리며 짐을 들고 백화점으로 가는데 설상가상으로 비까지 내렸다. 도저히 쇼핑을 할 수가 없어 가방 보관함을 찾아다니기 시작했다. 분명 이 근처 어디라고 인터넷에 나와 있었는데 친구들과 나는 쉽게 찾지 못하고 있었다. 그러다 순간 보인 물품보관소를 향해 달리다시피 잰걸음을 재촉했다.

"야 나 아니었으면 여기 어떻게 찾았겠어, 나 없으면 너네 어떻게 다닐래? 하핫." 여느 때처럼 농담 섞인 말로 장난치듯 친구 한 명에게 말했다. 첫날처럼 마지막 날에도 약간의 인정을 받고 싶어 했던 말이었다. 하지만 나의 예상과는 다르게 친구는 곧 짜증 섞인 얼굴로 “너 없어도 우리 길 잘 찾아.”라고 말을 하는 게 아닌가? 순간 할 말을 잃은 나는 민망해져 얼굴이 벌겋게 달아올랐다. ‘내가 무슨 실수를 했나?’

나의 행동과 말을 곱씹어 봤지만 크게 잘못한 것은 없어 보였다. 어쩌면 비 내리는 도로를 무거운 가방을 짊어진 채 빠르게 걸어 다녀야 하는 상황이 힘들어서 그랬을지도 모르겠다. 속내를 알 수 없어 답답했지만 물어봤자 좋은 말이 오가지는 않을 것 같아 모르는 척하고 쇼핑을 계속했다. 어느덧 공항에 가야 할 시간이 왔다. 집에 돌아갈 때는 김포공항으로 가는 친구들과 달리 김해공항으로 가야 했기에 비행시간이 달랐다. 먼저 인사를 하고 공항버스에 올랐다.

돌아가는 비행기 안에서 친구의 반응이 줄곧 신경이 쓰여 계속 상황을 곱씹어 보았다. 마침내 그 이유를 알아냈다. 인정을 받고 싶어 했던 말이 친구 입장에서는 생색으로 느껴졌던 것이다. 아무리 좋은 것도 자꾸 드러내고 자랑하고, 생색내면 괜히 짜증 날 수 있다. 아마도 그것 때문이리라. 나는 제법 그럴듯한 결론을 내렸다.

'그래. 그럴 수 있지.' 속으로 한숨 쉬듯 내뱉으며 창밖을 내다보았다. 청명했던 첫날과는 달리 비구름 가득한 하늘이 나의 무거운 마음을 나타내주는 것 같아 씁쓸한 미소를 지어졌다. 착륙 전 생각의 연결고리는 문득 20대의 여행까지 날아가 그날의 기억을 끄집어냈다.

'혜원이와 했던 20대의 미국여행은 왜 그토록 재밌고 좋았던 여행으로 기억될까?'

나는 어렸을 때부터 칭찬과 인정에 목이 말라 있었다. 부모님은 늘 동생들만 칭찬하고, 내게는 인색했다. 내가 하는 것은 당연한 것이었고, 동생들은 작은 것도 칭찬 거리가 되었다. 게다가 여동생은 공부를 잘했고, 남동생은 나이에 비해 사려 깊은 성품으로 늘 어른들의 칭찬을 받았다. 아마도 부모님은 그런 동생들이 자랑스럽고 기특했을 것이다. 그에 반해 나는 특출 나게 잘하는 것은 없으면서 동생들에게 관심 가는 것을 무척 질투하던 '촉새' 같은 첫째 딸이었을 뿐이었다. 오죽하면 어렸을 때 꿈이 '외동딸'이었겠는가. 그만큼 나는 부모님께 인정을 못 받고 성인이 되었다.

그래서였을까? 스스로가 아닌 남들이 칭찬을 해줘야지만

자신의 능력을 인정할 수 있게 되었고, 그 인정으로 내 자존감의 크기를 부풀려 왔다. 혹여나 내가 한 일에 칭찬하는 말이 들려오지 않으면 인정을 받아내기 위해 생색을 냈던 적이 종종 있었다.

첫 해외여행에서는 혜원이가 "와 솔아 대단해. 종이 지도 진짜 잘 본다. 너 아니었으면 길 잃었다.", "덕분에 맛집 찾았다.", "네가 찍어준 사진이 마음에 들어." 등등 칭찬의 말을 매일 해주었다. 그런 말들을 들을 때마다 어찌나 좋았는지 활짝 웃으며 당당하게 거리를 다녔다. 이런 분위기 속에서 나 역시 혜원이를 위한 꾸밈없는 칭찬들을 늘어놓았다. "역시 똑똑해. 계산이 최고 어려운데 너 덕에 아주 계획적인 소비를 할 수 있었어.", "우와 영어 진짜 잘한다. 다음에 나랑 또 여행 가자." 등의 말로 화답했고, 그 말을 들은 혜원 역시 입가에 미소가 번졌다.

우리는 여행하는 내내 서로에게 없어서는 안 될 존재였다. 더불어 그런 이유들을 별다른 계산과 필터 없이 있는 그대로 표현했다. 그저 좋았다. 덕분에 늘 결핍되어 있었던 자신감과 성취감을 여행에서 얻을 수 있었고, 내 인생 최고의 여행으로 자리매김하게 된 것이다.

인정받고 싶다면 상대를 먼저 인정해주자. 자꾸만 나를 드러내며 나를 알아봐달라고 소리 지르지 말고, 생색 내지 말고, 상대방의 노고를 먼저 칭찬해주자. 덕분에 잘 왔고, 잘할 수 있었다고 얘기해주자. 그 말은 곧 내게 하는 말이다. 상대를 먼저 챙길 때 나 또한 있는 그대로 인정받을 수 있을 것이다.

5

계획 없는 계획, 여행의 즐거움

"언니, 이날 시간 되세요? 서울로 여행 한번 가실래요?"

시누이에게 전화를 걸어 가타부타 말없이 용건만 간단하게 서둘러 말했다. 벚꽃이 피고, 날이 따듯해진 4월의 서울은 다닐 만하다는 생각 끝에 가족여행을 제안했다. "그래 좋아. 한번 가보자." 이번에도 나의 말에 별다른 의심 없이 동조해주는 시누이였다.

날짜를 확인한 시누이의 OK 사인을 듣고는 곧장 남편과

충정로 근처 숙소를 예약했다. 7살과 9살, 10살, 15살 아이들과 어른 5명은 주말 1박 2일 서울여행 계획을 세웠다. 9살, 7살 아이들도 이런 나의 여행계획에 익숙해졌는지 큰 트러블 없이 잘 따라와 준다. 여행의 주목적은 롯데월드 팀과 롯데월드타워 팀으로 나눠 잠실로 가는 것으로 정했다. 우리 네 식구는 이미 롯데월드타워를 다녀왔으니 롯데월드로 틀었고, 시누네 가족은 롯데월드타워로 향했다. 그리고 다음 날은 경복궁을 갈 계획이다. 주차장을 검색하고 어디가 좋을지 찾다 보니 네이버 지도에서 경복궁과 가까웠던 청와대가 눈에 들어왔다. 다음 정권으로 바뀌면 청와대 개방이 어떻게 될지 모르니 이번 서울여행에서 청와대 관람을 일정으로 넣어야겠다는 생각이 들었다. "언니, 우리 일요일엔 청와대 갈래요?" "그것도 좋지." 역시! 나의 예상처럼 시누이는 반대 의견을 전혀 말하지 않았다. 그날 청와대를 둘러보고 시간이 남으면 경복궁을 돌아보는 것으로 이번 여행 계획은 끝!

이렇듯 내가 계획한 여행에 있어서 중요한 것은 함께하는 사람과 날짜, 목적지 그리고 출발하는 시간뿐이다. 그것이면 성공하는 여행을 하기엔 충분하다. 그곳에 무엇이 맛있는지 중간에 어떤 명소를 가야 할지는 정하지 않는다. 예전부터 나는 여행의 큰 맥락만 정하고 그 안에 소소한 경험들은 계획 없이 얻어 걸리는 것을 선호한다. 이번 여행도 그러길 바라는 마음이다.

20대에 했던 여행들은 세세하게 적어 굉장히 신중하게 시간대별로 체크리스트를 만들었다. 빈틈 없는 목록들을 보고 계획에 맞춰 움직이고, 맛집으로 소문난 곳 위주로 다니다 보니 줄을 오래 서야 하는 것은 아닌지 마음이 조급해졌다. 그러다 삐끗해서 시간 안에 하고자 했던 것을 하지 못했을 때 받는 스트레스는 상당히 컸다. 게다가 짧은 여행에서 하고 싶은 것들이 너무 많아 체력적인 소모가 너무 커졌고, 점점 예민해져 여행 파트너와 불편해졌던 기억이 몇 번 있었다. 아마 그 전부터 열심히 계획했던 여행이라 속상한 마음이 들어 그랬을 것이다. 이러려고 내가 여행을 한 것은 아닌데 뭔가 잘못됐다는 느낌을 받았다.

내가 원했던 여행은 여유롭게 그곳의 풍경을 눈에 담고 그곳을 떠올릴 때 생각을 부르는 냄새를 맡는 것이다. 그것들이 여행지에서 받은 좋은 감정을 만들어냈기 때문이다. 그 감정들을 내 마음 깊숙이 넣어두고 생각날 때마다 꺼내어 언제고 그때의 감정을 다시 느끼고 싶었다. 나의 가족들도 역시 그러길 바라는 마음이 컸다. 그러나 빽빽한 체크리스트를 준비했던 여행지에서 계획대로 되지 않았을 때는 이런 감정을 충분히 저장해서 돌아오지 못했다. 그때부터 나는 여행을 계획하지 않기로 결심했다. 다행히 내 최고의 여행메이트인 가족들은 그런 나의 여행 스타일을 존중해주었고 비슷한 생각으로 감동을 받았다 말해 주었다.

인생 역시 여행과 비슷하다는 생각이 든다. 자잘한 계획을 수행하느라 순간의 잔잔한 행복을 놓치고 있었던 것은 아닌지 곱씹어본다. 그리고 내 인생의 큰 맥락의 꿈만을 설정한다. 그거면 됐다. 내 인생의 동서남북만 나타내는 나침반 정도의 꿈이어도 괜찮다. 조금은 돌아갈지언정 그 나침반을 통해 다시 제대로 된 길을 찾게 될 것이다. 그 정도면 충분하다.

"좋은 여행자는 고정된 계획이 없고 도착이 목적이 아니다."라는 노자의 말처럼. "행복하게 여행하려면 가볍게 여행해야 한다."는 생텍쥐페리의 말처럼 같이 있을 때 즐거운 사람들과 계획 없는 여행을 또 궁리해 본다.

휘둘리지 말고
휘두르지 말고

5장

애쓰지 말고,
노력하지 말고,
최선을 다하지 말고

인스타그램 스토리에 주말 동안 있었던 일을 올리는 재미를 한창 느끼고 있을 때였다. 휴무에도 노트북을 켠 나 자신이 기특해 개인적으로 기록하고 싶어 감성 사진처럼 촬영한 사진 한 장을 스토리에 업로드했다. 대부분이 하트를 누르며 관심을 표현했고, 몇몇은 "무엇을 하려고?"라며 호기심을 표현하며 DM으로 물어보기도 했다. 그중 기억에 남는 메시지가 있었다.

"쉬는 날에는 그냥 쉬는 거야. 일하지 마."

같이 일하는 실장님의 메시지였다. 늘 열심히 무언가 계획하고 실행하는 모습에 좀 지치지 않게 쉬엄쉬엄하라는 애정 섞인 말이었다. 나이로는 10살 정도 차이가 나는 올해 20년 차 실장님은 늘 내가 힘들까 봐 안쓰러운 마음에 한 말이었을 것이다. 그렇지만 나는 30대가 되어 맡은 팀장 역할을 20대 때보다 더 잘해내고 싶었다.

나는 새로운 직원들과 기존 직원들이 안정되게 공존하는 진료팀으로 만들고 싶었다. 그러기 위해서는 주먹구구식이 아닌 우리 병원만의 매뉴얼이 필요했다. 그 매뉴얼을 만드는 게 목표였고 그걸 완성하려면 쉴 시간이 없었다. 실장님의 마음은 감사했지만 그 메시지를 받고도 2시간을 더 노트북 앞에 앉아 있었다.

그러다 문득 '이분은 어떻게 치과 일을 20년 동안 계속할 수 있었을까?' 하는 생각이 들었다. 이 실장님이 함께 일했던 원장님은 욱하는 성격이었다고 한다. 좁은 통영지역에서 독불장군으로 소문 나 있는 유명한 분이었다. 보통 사람들은 버티기 힘들어하는 그 원장과 평직원에서 아이를 낳고 키우면서 실장이라는 중간관리자까지 올라갔다고 한다. 분명 나와 같이 일에 있어서 진심을 다하던 사람이었을 것이다. 좁은 지역 내에서 일 잘하는 직원으로 소문이 나 있었던 사람이었기 때문에 충분히 예상할 수 있었다. 그런 사람이 퇴사할 때는 독불장군 원장님을 더 이상은 보필하기가 힘들어서 모든 것을 두고 나왔다고 했다. 무슨 일이 있었기에 그렇게 된 것일까?

실장님의 사연은 이랬다. 병원의 확장 후 안정된 병원을 만들기 위해 본인이 맡은 영역에서 최선을 다했다고 한다. 직원 마인드가 아니라 오너 마인드를 갖고 뭐든지 잘해 내려고 했다. 모든 직원들도 본인처럼 주인의식을 갖고 일해주길 바라면서 직원 교육도 하고, 원장님과 직원들 사이에서는 소통이 잘 되게끔 최선을 다해 중재를 하며 트러블을 최소화하려 노력했다. 하지만 고래 싸움에 새우등 터지는 것은 매번 실장님이었다. 거기서 오는 상처가 너무 컸고, 실장님은 점점 자존감이 낮아지면서 본인을 자책하게 되었다.

게다가 인간관계를 너무 잘하려고 애쓰다 보니 가끔은 오해가 생기기도 하고, 오히려 잘 안되는 경우가 더 많아 힘이 빠졌다. 매일 스트레스로 소화가 안 되어 말라가는 모습을 곁에서 보는 가족들도 마음이 좋지 않았다. 중간관리자로 주어진 일에 최선을 다했을 뿐인데 현실은 너무 가혹했다. 그렇게 무기력해진 실장님은 번아웃에서 탈출하기 위해 쥐고 있었던 줄을 한 순간 놓아 버리고 도망치듯 병원을 나왔고 지금의 병원으로 이직했던 것이다.

힘들고 괴로운 순간에도 주변 사람들을 생각해서 겉으로 티 내지 않고 아무렇지 않은 척 웃으려 노력하는 멋지고 강한 사람이었기 때문에 모든 것을 두고 나왔다는 말이 참 아프게 느껴졌다. 실장님은 내게 쉬엄쉬엄하라며 덧붙였다. 지금 내 모습이 예전 자신의 모습을 보는 것 같아 안타깝다고 했다. 안정된 병원을 꿈꾸며 혼자 매뉴얼을 만들고 직원 교육 스케줄을 만들고 직원들에게 전달해야 할 말을 찾아 고뇌하는 내 모습이 당시 실장님과 겹쳐 보였던 것이다.

애정 어린 실장님의 조언에 하려던 일을 잠시 멈추고 나의 생각과 계획을 어떻게 하면 부담 없이 직원들과 공유할 수 있을까 고민했다. 평직원에서 팀장이 되었다고 이것저것 지시만 한다면 분명 거부감이 일어날 것이 분명했다. 내가 혼자 진행하고 이렇게 했으면 좋겠다고 말한들 직원들은 분명 '아 이건 팀장님이 할 일이니까.'라고 생각하며 나 몰라라 할 것이다. 게다가 그렇게 만든 매뉴얼을 과연 직원들이 제대로 활용할지 의문이 들었다. 처음엔 이슈처럼 다가가겠지만 장기적으로 봤을 때 그렇지 않을 것이라는 생각이 들었다. 자신들이 참여하지 않았기에 애착도 없을 것이고, 꼭 해야 할 이유를 찾지 못해서 원래 모습으로 돌아갈 수도 있다.

나는 정말 제대로 병원을 키우고 싶었다. 직원들과 함께 성장하고 싶었다. 직원들에게 오해받지 않으면서 정중한 제안을 하려면 어떻게 해야 할지 고민에 고민을 거듭했다. 그때 8년 전쯤 만났던 팀장님이 떠올랐다. 서울에서 6개월 정도 같이 근무했던 분이었는데, 항상 직원들에게 지시보다는 먼저 행동으로 보여주는 사람이었다. 쉬지 않고 일하는 팀장님의 모습을 보면서 옆에 있던 직원들도 가만히 앉아서 핸드폰만 할 수는 없는 노릇이었다. 그렇게 솔선수범하는 행동으로 직원들의 마음을 사로잡았다.

나도 그 팀장님처럼 먼저 행동으로 보여주기 위해 매뉴얼의 초안을 완성했다. 혼자 다 만든 게 아니라 방향성과 틀을 만든 것이다. 회의시간에 초안을 보여주면서 내가 매뉴얼을 만들려는 WHY를 함께 설명해주었다. 다행히 직원들은 필요성에 대해 충분히 인지하고 있었고 지시하기보다는 함께 제작해 줬으면 하는 정중한 제안에 생각했던 것보다 쉽게 따라주었다.

만약 내가 소통 없이 혼자 했다면, 어쩌면 나도 실장님의 실패를 답습했을지도 모르겠다. 나 혼자만 애쓰는 중간관리자는 절대 멀리 갈 수 없다. 팀원들을 제대로 이끌기도 힘들다. 함께하는 직원들과 소통하면서 같이 만들 때 그 계획도 빛이 난다.

혼자 애쓰고 노력하지 말자. 목적 없는 노력은 시간 낭비에 불과하다. 그 시간에 소통하자. 그리고 진짜 제대로 목표를 세우고 그곳을 향해 함께 달리자. 목적 없는 행동에 내 인생을 낭비하지 말자.

2

휘둘리지 말고, 휘두르지 말고

새로운 직장에서 적응하면서 친해진 A가 있다. 힘든 날에는 장문의 문자로 위로를 해주던 고마운 사람이었다. 그러던 어느 날 우연히 내가 없는 자리에서 A가 내 험담을 한다는 소리를 들었다. 그 말을 듣는 순간 잠시 정신이 아득해졌다. 그렇게 나와 친했던 사람이 도대체 '왜?'라는 생각만 들었다. 나의 어떤 점이 마음에 안 들었던 것인지, 내가 실수를 했었던 것인지, 주변의 상황으로 그렇게 된 것인지 짧은 순간 오만 가지 생각들이 지나갔지만 도무지 알 수가 없었다.

정신을 차리고 보니 나는 이미 그 사람이 했던 행동과 같이 A의 얘기를 전해준 B와 함께 속사포처럼 A의 험담을 늘어놓고 있었다. 내 험담을 했다는 말에 흥분했던 것이다. 그렇게 말을 하고 나니 잠시 속이 후련하고 통쾌해진 듯했다.

하지만 문제는 다음 날 A를 마주했을 때였다. 어제의 나와는 다르게 A의 말에 또다시 웃고 즐거워하는 나의 이중적인 모습에 소름이 끼쳤다. A와 나는 별반 다를 게 없는 '미성숙' 그 자체였고, 화내지도 못하면서 아무렇지 않은 척 웃으며 즐겁게 반응하는 내가 한심했다. 게다가 어제 같이 얘기하던 B도 분명 나의 이중성을 느꼈을 것이라고 생각하니 갑자기 얼굴이 화끈거렸다.

생각해 보니 내 앞에서 A와 B 또한 다른 사람의 험담을 했던 사람으로 내가 없는 자리에서 충분히 나의 험담을 할 수도 있는 사람들이었다. 별로 놀랄 것도 없는 사실에 혼자 약이 오르고 화를 내고 있었다. 더군다나 나는 그 사람이 늘어놓는 험담이 친해졌다는 친밀감의 표현으로 생각하고 함께 동조하고 웃고 떠들었다. 이제는 그 험담의 대상이 내가 되었을 뿐이었다. 그렇게 생각하고 나니 씩씩거리며 화가 날

일도 아니었다. 한바탕 시끄러웠던 마음의 폭풍이 점점 잦아들고 객관적인 생각으로 거칠어졌던 마음을 다스려 가며 흥분을 가라앉혔다. '그래. 괜한 데 감정소비 하지 말자.'라는 생각이 들었다. 그리고 왜 나의 험담이 나오게 되었을지 상황에 대해 다시 생각해 볼 필요가 있었다.

사실 20대와 30대의 팀장의 자리는 조금 달랐다. 그저 '팀장'이라는 직급이 좋았을 뿐 실질적인 중간관리자 역할을 못하고 이 사람 저 사람 말에 휘둘려 중심을 잡지 못했다. 그러다 보니 트러블의 가운데 서서 양쪽을 중재하느라 고생했던 적도 있었다. 다시는 그러고 싶지 않았다. 그때와는 다르게 아닌 것은 아니라고 차단하고 맞는 것에는 힘을 실어 병원 내부적으로 안정을 도모하고 발전하는 데 도움이 되고 싶었다. 그러려면 변화가 필요했다. 나름 점진적인 변화를 유도했다고 생각했는데 안정을 추구하는 사람들은 그조차도 급하다는 생각에 거부감이 들었을지도 모른다.

그런 여러 가지 상황들로 잠깐의 불평이 나온 것일 뿐이었다고 생각하니 충분히 A의 감정이 이해가 되었다. B 역시 분란을 일으키기 위해서라기보다 나를 좋아하고 걱정했던

마음에 이런 반응도 있으니 참고하라는 뜻이었을 것이다. 그렇게 생각하고 나니 마음이 '참 괜찮아졌다.'

나는 아직도 어른이 되려면 멀었나 보다. 여전히 주변에서 들려오는 나의 험담에 화도 나고 예전처럼 감정적으로 대립하며 이기고 싶다. 그리고 지금도 관계에서 상처를 받고 가끔은 복수를 꿈꾸며 시간을 보내기도 한다. 물론 실제로는 복수를 실행하지는 않는다. 그로 인해 잃어버릴 나의 소중한 행복을 알기 때문이다.

휘둘릴 필요 없다. 그렇다고 내가 휘두를 필요도 없다. 나를 험담하는 말에 동요하지 말고, 내가 들은 험담에 동조하지 않으며 그저 "그러라 그래, 그럴 수 있어." 하면 된다. 모든 일이 그렇다. 그냥 그런 거다. 굳이 이유를 찾아 묻지도, 감정을 섞지도 말자. 모두에게 좋은 사람일 수도 없고, 좋은 사람일 필요도 없다. 나를 괴롭게 하는 사람들은 내가 속상해하는 것을 보고 싶어 한다. 그런 사람들은 그냥 흘려보내자. 그 사람들마저 내 안에 가두기엔 너무 벅차다. 그러니 시간이 흐르듯 내 인생에서도 가볍게 흘려보내도록 노력해 보자.

나는 더 이상 예전처럼 속상해하지 않을 것이다. 그렇게 하는 것이, 내가 상처받지 않는 것이 그들에게 할 수 있는 최고의 복수이다.

당신도 흘려보내고 있다면 축하한다. 당신의 복수 성공을.

"복.수.성.공."

3

아이를 키우며 함께 성장한다

28살, 비교적 이른 나이에 결혼해서 이듬해 봄에 임신을 했다.

내가 태어났을 때와는 달리 아들보다는 엄마의 친구가 되어주는 딸을 첫째로 원하던 분위기였다. 나 역시도 첫째는 딸이 와주었으면 했다. 그리고 드디어 성별 구분할 수 있는 임신 16주에 딸이라는 소식을 들었다. 어찌나 기쁘던지 그 소식을 들었던 우리 부부는 하루 종일 싱글벙글이었다. 아들이었어도 분명 좋았을 테지만 아들을 낳았던 주변 아는 언니들의 고생담을 들어서 그랬는지 딸이어서 다행이라는 생각부터 들었다. 딸아이는 고맙게도 10달 동안 큰 무리 없이 배속에서 잘 자라주었고, 40주 꽉 채우던 날 자연분만으로 태어나 우리 부부를 만나주었다.

우리 부부의 첫 아이 이름은 '지유'였다. 내가 한글 이름을 지으면 남편이 좋은 뜻을 가진 몇 개의 한자를 알려주고, 그 중에서 마음에 드는 것을 골랐다. 한문교육과를 나온 남편의 강점이 발휘된 순간이었다.

'하늘에서 내려온 복을 지닌 너그러운 아이'라는 뜻을 지닌 지유. 태어난 지 100일이 지나 돌 때까지도 지유는 나의 바람과는 다르게 통잠을 자지 못했다. 모유를 먹는 아이라 소화가 잘돼서 그랬던 건지 모르겠지만 3시간마다 깨서 엄마를 찾았고, 유치 8개가 한 번에 올라와 아팠는지 깊은 잠에 들지 못했다. 그런 지유 옆에서 함께 잠을 못 자던 나는 점점 예민해지고 마음의 여유가 없어지기 시작했다. 나도 모르게 우울증에 잠식되어 힘겹게 허우적대고 있었다.

이런 현실을 나눌 수 있는 친정엄마와 친구들이 곁에 없다는 것이 나를 더욱 고립되게 했다. 아무리 시댁에서 잘해준다고 하지만 내 감정을 온전히 드러낼 수 있는 친정 가족과는 다른 바운더리에 있는 가족이었다. 어둡고 무거운 감정들은 풀 곳이 없었고, 남편이 퇴근하기만을 기다렸다. 저녁에 퇴근해 돌아온 남편에게 아이로 인한 힘듦을 숨김없이 노출했다.

아이가 돌이 되기 3달 전쯤 급 성장기였는지 밤새 울었다. 안 그래도 잠을 못 자 체력적으로 힘들었는데, 꽤 오랫동안 우니까 정신까지 피폐해졌다. 어제도 못 자고 낮엔 집 치운다고 못 잤는데, 오늘 밤마저 잠을 못 자게 된 것이다. 순간 벼락같이 화가 나서 곤히 자고 있던 남편에게 소리를 빽 질렀다. "일어나서 아이 좀 안아줘!!"

자다가 봉변을 당한 남편은 분명 잠결이었으면서도 짜증 한 번 내지 않고 벌떡 일어나 아이를 안아줬다. 순간 화를 못 참고 내뱉은 몹쓸 감정에 후회가 들었지만 이내 모른 척 뒤돌아 누웠다. 지유는 계속 울었고, 10분 정도 내 마음이 가라앉고 나서야 다시 아이를 받아 안아주었다. '엄마가 화내서 미안해.'

이때부터였을까? 가족에게 꾹꾹 참다 벼락같이 화를 내고, 감정이 가라앉으면 곧 물밀 듯이 후회가 밀려왔다. 잘 몰라서 나쁜 엄마가 된 것 같아 아이를 볼 때마다 "엄마가 처음이라 미안해."라는 말을 속삭이며 눈물을 훔쳤다.

이래서는 안 된다는 생각이 들었다. 곧바로 핸드폰을 들고 좋은 엄마가 되기 위해서 네이버 창에 아이 육아 고수들을 찾아 검색을 했다. '통잠 재우기, 잠자리 분리하기, 이유식 만들어 먹이기, 밤에 모유 수유 끊기.' 등 나의 상황에서 필요했던 것들을 검색하고 추천하는 육아 방법으로 지유를 케어하려 했다. 하지만 그런 노력에도 불구하고 나의 육아는 그들처럼 잘되지 않았다. 고수들이 추천했던 묘책들은 지유 고유의 기질들을 고려하지 않았던 것들로 대부분 우리와는 맞지 않는 방법들이었다. 결국, 다시 내 방식대로 아이를 키울 수밖에 없었다.

우선 새벽에 먹던 수유 시간 텀을 점점 늘리는 방법으로 밤에 나를 찾는 시간을 아주 천천히 줄여나갔다. 하루아침에 바꾸기에는 아이도 나도 너무 괴로웠기에 조금씩 시간을 늘리는 방법으로 선택했다. 잠자리 분리 역시 시도해 봤는데 아이가 울다 지쳐 잠들기만을 기다리기가 영 불편하고 너무 불안해서 안 될 것 같았다. 차라리 이유식 만들 시간에 잠을 좀 더 자고, 이유식은 전문가에게서 사서 먹이는 방법을 선택하기로 했다. 물론, 직접 만들지 않는 이유식에 대해 누군가는 조언이랍시고, 직접 만들기를 권유했지만 나랑 맞지 않는 방법으로 정의하고 나니 그런 조언도 쉽게 거를 수 있었다. 아이가 울 때는 환경적으로 뭐가 문제가 있는지 체크하고, 육아 방법 책보다는 아이와 엄마 심리에 관한 책들을 읽으며 나의 마음을 먼저 안정시키려 노력했다.

그렇다. 아이를 키운다는 것은 엄마도 같이 성장해 나가야만 하는 것이었다. 사회생활 속 관계에서 타인에게 그랬던 것처럼 지유를 생각하고 배려하고 존중했어야 했다. 마치 아이를 낳기 전 인간관계에서 실수하지 않길 바라던 마음에 단어 선택을 신중하게 했었던 그때처럼 말이다. "아이는 관리되어야 하는 존재가 아니라, 부모의 기쁨이어야 하고 소중하게 여겨져야 하는 존재다." 대니얼 J. 시걸이라는 세계적으로 저명한 작가이자 교육자이며 유명한 소아정신과 의사의 말이다.

지유는 나의 기쁨인데 내가 관리하려 들어 생긴 트러블이 대부분이었다. 왜 내 아이를 인격체로 생각하지 못했을까? 마치 내 부속품쯤으로 생각했던 것 같다. 완전히 다른 인격체임에도 내 배 속에서 나왔으니 나도 모르게 '내 것'이라는 소유물로 여겼던 것이다. 그러다 보니 무조건 내가 원하는 대로 행동해주길 바랐고, 따라주지 않으면 내 감정을 앞세워 화를 냈다. 그러면서 정작 아이의 마음은 제대로 바라봐주지 못했다. 내 감정이 소용돌이치는데 아이 감정까지 알아주기에는 너무 힘겨웠다. 그러다 정신 차리면 후회와 함께 죄책감이 몰려왔다.

엄마, 아빠 품에 귀하게 와준 아이에게 온전히 애정을 쏟아도 모자란 시간에 매몰차게 화를 낸 자신이 미웠다. 이런 악순환은 지유가 5살이 되던 해까지도 계속되었다. 조급한 마음에 이것저것 했으면 하는 잔소리들에 아이가 반응이 없어 화가 났다. 별안간 화가 나 뾰족한 말을 내뱉었던 것을 후회하며 미안해했던 날이었다. 악순환의 고리를 끊어내야만 했다. 아이와 나의 멘탈 건강을 위해서라도 필요한 일이었다.

우선 내가 잘못했다는 사실을 인지했으면 내 감정과 아이의 감정이 차분하게 가라앉을 때 미안하다며 사과를 했다. 왜 그랬는지 이유를 사과와 함께 설명하니 아직 어린 나이임에도 이해를 하고 나를 꼬옥 안아주었다. 그 고사리 같은 손으로 토닥여주는데 어찌나 눈물이 나는지 울지 않으려고 애썼다.

어느덧 우리 지유는 9살이 되었다. 퇴근 후 집에 돌아와 청소를 하다 보면 집에 도착한 아이가 눈에 가득 별을 담고서 "엄마 오늘 학교에서 시 낭송을 했는데 무사히 통과했어." 라며 수다스러운 멜로디를 늘어놓으며 안긴다.

배우고 싶은 것, 하고 싶은 것 많은 바쁜 엄마지만 아이가 부를 때는 잠시 해야 하는 일을 놓고 아이의 눈을 바라보며 하루 종일 기다렸다는 듯이 미소를 머금고 가만히 앉아 얘기를 듣는다. 오늘도 우리는 서로를 알아가며 함께 성장하는 중이다.

4

그래,
나 꼰대 맞아!

몇 년 전, 사회초년생인 새로운 직원이 들어왔다. 나와 13년 정도의 연차 차이가 나는 직원이었다. 직원이 급했기에 빨리 업무에 익숙해지길 바라는 마음으로 받아들이는 사람의 역량 따위는 아예 배제하고 속전속결로 업무 전달을 진행했다. 업무 중간중간, 틈만 있으면 알려주었고, 점심시간도 밥만 먹고 교육하는 데 여념이 없었다. 얼른 익숙해졌음 하는 마음으로 나의 노하우도 tip이라며 알려주기 바빴다.

상대방의 배려 없는 진행속도와 소통 없는 교육을 그대로 받아들여야 했던 직원은 지쳐가기 시작했고, 곧 불만이 생기기 시작했다. 그때 조언을 해준다며 나도 모르게 "나 때는 말이야."라는 말을 달고 꼰대질을 하고 있었다. 사실 그런 행동이 꼰대질이었다는 것도 남편과 하루 일과를 얘기하다 듣게 된 말이었다. 내 말끝에 남편이 한 말은 딱 네 글자였다.

"너 꼰대야?"

뭐? 내가 꼰대라니 믿을 수가 없었다. 아니 꼰대가 뭔데? 꼰대라는 단어의 의미를 검색해 보니 '권위적인 사고를 가진 어른이나 선생님을 비하하는 학생들의 은어로 최근에는 꼰대질을 하는 사람을 가리키는 의미'라고 나왔다. 권위적인 사고라. 어쩌면 맞을지도 모르겠다. 인정하고 싶지 않았지만, 사실 '나는 관대하다.'라는 자기 체면에 조언이랍시고 소통 없는 일방적인 대화를 이어갔던 것이다. 숨긴다고 숨겼지만 분명 듣는 사람도 쉽게 눈치챘을 것이다. 원래 '말'이란 말하는 사람보다 듣는 사람이 어떻게 느끼느냐가 가장 중요하니까. 게다가 내가 말하는 내내 그 후배의 표정은, 말로 표현할 수 없는 오묘한 느낌이었다. '웬 꼰대질?'이라고 생각했을지도 모른다.

사전적 의미를 확인하고 나니 치부를 들킨 것 같아 얼굴이 붉어졌다. 남편과의 대화 이후, 하고 싶은 말은 삼키고, 지적하고 싶은 안 좋은 습관에 대해서는 모른 척하기 시작했다. 5분 정도 출근이 늦어도 '그럴 수 있지. 뭐.'라고 생각하며 내 할 일에만 집중했다.

아니다. 실은 집중하는 '척'한 것이다. 보고도 못 본 척, 알고도 모른 척했던 나의 마음은 하고 싶은 말을 못 해 점차 불편해져만 갔다. 겉으로는 수면 위의 잔잔한 물결처럼 아무 일도 일어나지 않고 안정이 되는 것처럼 보였다. 하지만, 결국 문제가 터지고 말았다. 중간관리자의 역할 부재로 인한 문제점이 하나, 둘 발견된 것이다. 5분 지각을 눈감아줬더니 지각을 밥 먹듯이 하면서 업무에 집중하지 못하는 점, 역량이 조금도 개선되지 않고 제자리걸음인 점, 이런저런 사유로 빈번하게 30분 일찍 퇴근하는 등의 문제였다.

수평적인 분위기를 원하던 원장님 역시 이 부분을 문제라 생각했는지 중간관리자인 내게 책임을 다해주길 바랐다. 저연차 직원들의 역량이 따라오지 않으면 교육을 하거나, 근무시간에 대한 정확한 지침을 안내하는 등 직원들이 좀 더 발

전될 수 있도록 관리해주기를 바랐다. 그리고 실수하는 일에 관해서는 원장님께서 직접 따끔한 조언도 하기 시작했다. 그러면서 진료실 분위기는 점점 경직되고 삭막해져만 갔다.

이때 알았다. 수평적 구조를 위해서는 중간관리자의 선택적인 수직적 조언이 어느 정도 필요하다는 것을 말이다. 단, 꼰대질이 아닌, 진정으로 그들이 받아들일 수 있도록 할 필요가 있었다. 어떻게 하면 거부감을 줄일 수 있을지 고민에 고민을 거듭한 결과 찾아냈다. '꼰대질 대신 선 넘지 않는 나만의 비법'을 말이다!

나는 꼰대가 맞았다. 일머리 있는 직원에게는 당연히 간식 하나라도 더 챙겨 주고 싶고, 모르는 부분에 대해 질문하는 직원에게는 더 나아가 많은 것을 알려주고 싶었다. 그들이 성장하길 바랐다. 작은 곳에 머물지 말고 사고를 확장해서 더 크게 나아가길 바랐다. 하지만 모든 직원에게 다 그런 건 아니었다. 아무리 말을 해도 듣지 않는 직원은 내버려두고, 노력하는 직원에게는 피드백을 자처하며 같이 연습하고 도와주었다. 말 그대로 예쁜 짓 하는 직원은 아끼고 예뻐하는 꼰대였다.

차별이라면 차별일 수도 있다. 그런데 아무리 알려줘도 하고 싶어 하지 않고, 차근차근 붙들고 설명해줘도 자꾸만 엇나가는 직원들까지 챙기는 건 힘든 일이었다. 나 때는 잘 보이고 싶어 열심히 일했던 것이 아니라, 내가 얼른 마스터하기 위해 열심히 배우고 노력했다. 그래서 그들의 노력이 내 초보 시절 모습에 겹쳐 보여 열심히 하는 친구들을 더 챙기게 된 것이다. 그렇게 나의 지위 속에서 차곡차곡 쌓아 두었던 지식들을 토대로 그들에게 제대로 된 길 안내를 상황에 맞게 알려주고 있다. 내 지식과 경험이 그들에게 조금이라도 도움이 된다면 나는 주저 없이 꼰대를 자처할 것이다. 그러니 나는 꼰대가 맞다.

하지만 꼰대도 꼰대 나름이지 후배에게 잔소리는 절대 하지 않도록 노력했다. 조언과 잔소리의 차이는 그 사람을 배려하는 마음이라 생각한다. 그 사람에게 제대로 전달되길 바라는 조심스러운 태도와 그저 그 사람의 감정보다는 상황에만 집중하는 태도에서 나오는 단어들의 차이는 그야말로 어마무시하다.

일례로 같이 일하던 동료 중에 딩크족이 있었다. 딩크족이 된 계기를 점심 때 식사하면서 듣게 되었는데 아이를 제대로 키워야 하는 책임감을 부담스러워하던 남편의 의견이 크게 작용한 가족계획이라 했다. 그러면서 이들은 평생 친구 같은 부부로 둘이서 재미있게 살기로 약속했다는 말을 해주었다. 아이가 주는 행복을 알고 있던 부모 직원들은 "그래도 다시 한번 생각해 보지 그래."라며 조심스러운 제안을 하긴 했지만 그들의 상황을 듣고는 사람마다 다른 기준과 상황이 있으니 곧 그럴 수 있겠다며 그녀의 의견을 존중했다.

문제의 발단은 불임으로 아이가 없던 실장님의 반응이었다. "아이는 낳을 수 있을 때 낳아야지 낳을 수 있는 상황이 충분한 사람들이 왜 낳지 않으려 하는지 모르겠네. 누구는 낳고 싶어도 못 낳는 상황인데 너희는 철없이 아이를 선택적으로 낳지 않는다고 하니 답답해서 그래. 그러는 거 아니야." 라며 계속되는 속사포 잔소리에 처음에는 자신을 위한 조언이라 생각하며 가볍게 끄덕이며 듣던 그 직원도 점차 표정이 굳어가기 시작했다. 개개인의 상황과 사정이 있는데, 그 상황을 고려하지 않았고, 어느 순간 조언이 아닌 잔소리가 된 것이다. 어색해진 점심시간의 분위기는 그대로 식어버린 국처럼 차갑게 끝이 나버렸다. 그 뒤 실장님은 전형적인 꼰대로 낙인찍혔다. 그리고 그 이후로는 실장님 앞에서 또 어떤 잔소리를 듣게 될지 모른다는 생각에 직원들이 말을 아끼기 시작했다. 그날의 조언은 분위기 좋던 점심시간이 조용하고 숨 막히는 점심시간으로 변한 계기가 되었고, 그렇게 40대 실장님과 2, 30대 직원들 간의 소통 부재는 시작되었다.

꼰대는 한 끗 차이다. '실질적인 도움'을 주는 것과, 도움을 가장한 '내 생각 강요'는 완전히 다르다. 나 때를 얘기하더라도 지금의 변화를 기분 좋게 받아들이고, 그에 맞춰 유연한 사고를 한다면 꼰대가 아닌, '롤 모델'이 된다. 사람들은 누구나 시간이 흐르면 초보자에서 아마추어로, 아마추어에서 전문가로, 후배에서 선배로 성장한다. 물론 그 시간을 어떻게 보내느냐에 따라 여전히 초보자에 머물러 있기도 하다. 중요한 건 시대의 갭 차이가 발생하더라도 그들을 있는 그대로 인정해주는 것, 그리고 정말 도움을 주고 싶은 마음으로 다가갈 것. 비록 그게 꼰대질이라고 하더라도 '내 생각의 강요'가 아니라면 분명 그들도 알게 될 것이다. 당신의 진실한 마음을.

5

나는 나와 화해했다

통영은 석양빛이 참 아름다운 곳이다. 해가 지기 전 높은 곳에 올라 석양을 바라보자면 산에 걸린 붉은 빛깔의 해는 파랗던 바닷물조차도 붉게 물들이면서 참 예쁘게도 일렁거린다. 나에게도 그런 빛깔의 사람이 있다.

웃음소리가 호탕하고, 밝은 기운이 온몸에서 나오던 사람. 예전에 함께 일했던 팀장님이다. 또각또각 문에서부터 들리던 하이힐 소리와 함께 "얘들아 안녕!!" 하고 큰소리로 반갑게 인사하는 목소리. 팀장님이다. 아침부터 어떻게 저런 밝은 에너지가 나오는지 입사한 지 얼마 안 됐는데도 호기심 가득한 눈빛으로 팀장님을 향해 나도 덩달아 밝게 인사했다. 첫날의 이미지를 토대로 내 마음속 팀장님의 수식어는 '닮고 싶을 만큼 밝음이 있는 사람'으로 정했다.

팀장님은 신기하게도 직원이 아프면 말하지 않아도 먼저 알아보고 괜찮은지 물어봐주었다. 미열로 얼굴이 빨갛게 상기됐을 때도 집에 안 좋은 일로 표정이 어두웠을 때도 원장님과 손이 맞지 않아 자책하고 있을 때도 어떻게 알았는지 알아서 위로해 주던 사람이었다.

이런 사람에게 나도 위로받고 싶었던 상처가 있었다. 당시 나는 이전 직장에서 받은 상처가 아직 다 치유되지 않은 상태였다. 누군가 이전 직장에 대해 물어오면 당연히 좋은 내용보다는 나쁜 얘기를 더 많이 했다. 그 얘기가 나에게는 별거 아니라는 듯이 가볍게 희화화시켜 험담하듯 말을 했다. 그런 말이 나를 가벼워 보이게 하는 줄도 모르고 말이다.

그날도 다른 날과 같이 전 직장 얘기를 시작했고, 늘 그랬던 것처럼 듣는 사람들의 표정을 관찰했다. 직원들은 약간의 연민이 섞인 웃음으로 내 얘기에 반응하며 들어주었다. 그러다 문득 팀장님 얼굴을 봤는데 표정이 순간 스치듯 굳어졌다. '내가 뭔가 실수를 했나?' 하는 불안한 생각과 함께 낯이 뜨거워졌다. 아무리 그 상황을 곱씹어 봐도 내가 실수한 것은 없었지만 이상하게도 나는 그때부터 약점을 잡힌 것처럼 팀장님 앞에서는 조심스러웠다.

밝은 팀장님을 처음 만났을 때는 분명 설레고 좋았는데, 또다시 타인에게 알 수 없는 이유로 미움받는 일이 반복될까 두려웠다. 이번마저 상처를 받는다면 다시는 일어설 수 없을 것 같았다. 팀장님이 딱히 나에게 뭐라고 한 것은 아니었지만 혹여나 상처받을까 한 발, 아니 두 발 정도 뒷걸음치며 눈치를 살폈다.

그렇게 내가 정한 관계의 적정선 속에서 2년을 겉으로는 평화롭게 조심하면서 지내고 있던 어느 날, 팀장님이 집안 사정으로 병원을 퇴사한다는 말을 들었다. 대부분의 직원들이 좋아했던 팀장님이라 아쉬웠지만 붙잡을 수 없는 상황이었다. 나 역시도 병원에서 선배 연차로 의지하고 있는 사람이었는데 퇴사한다니 너무 아쉬웠다. 어쩌면 자주 보지 못하고 마지막이 될 수도 있다는 생각에 퇴사 두 달 전부터 서로의 속내를 드러내며 많은 얘기를 나누기 시작했다. 하고 싶은 것이 많은 나를 응원해주기도 했고, 후임 팀장으로서 받아야 할 업무 얘기도 했다. 팀장님은 계속 물 흘러가듯 얘기를 이어갔다.

"솔아야 나는 네가 직원들에게 너무 많은 애정을 쏟으며 하는 깊은 얘기는 안 했으면 좋겠어. 모두에게 좋은 사람이 되기 위해 애쓰고 잘 보이려고 노력하지 않아도 괜찮아. 나도 그런 상황에서 받았던 상처로 많이 아프고 힘들어 봐서 아는데 관심 받기 위해 하는 너무 많은 얘기는 너에게 약점이 될 수 있으니까 아끼는 게 좋을 것 같아. 그리고 이제 그만 과거의 상처에서 잘 나왔으면 좋겠다."

이 말을 듣는 순간 눈물이 고였다. 나를 이렇게 생각해 주는 사람을 아주 오랜만에 만난 것 같아 기쁘고 고마웠다. 팀장님의 따뜻했던 말은 나에게 위로가 되었고, 시리도록 파랗던 마음은 곧 붉은 빛으로 물들며 따뜻해졌다.

불과 6개월 전만 해도 과거의 사회생활을 늘 후회하고, 자책하며 깊은 구덩이에 빠져 아파했었다. 그 아픔은 나의 건강한 생각을 좀먹는 자기연민에 깊게 빠져들게 만들었다. 하지만 팀장님이 해준 말을 듣고 난 후부터였는지 과거부터 읽어 왔던 여러 책 때문에 그랬던 것인지 어느 순간부터 마음이 고요해지고 나에게 힘을 주는 생각을 하면서 곧 단단해졌음을 느꼈다. 그리고 그런 단단함은 긍정의 말들을 나열할 수 있게 해줬고, 밝은 에너지가 내 마음을 채우게 되었다. 얼마 지나지 않아 내 마음속에 뿌리 깊게 박혀 있던 자기연민을 내 손에서 놓을 수 있었다. 그리고 함께 있으면 즐거운 사람들과 행복한 시간을 즐기기로 마음먹었다.

"대부분의 사람은 마음먹은 만큼 행복하다."

미국의 링컨 대통령이 말했다. 그의 말처럼 내가 행복하기로 마음먹은 순간 정말로 행복해지기 시작한다는 사실을 깨달았다. 나는 자신을 탓하고 과거에 갇힌 나와 화해했다.

6

나의 꿈은 작가입니다

중학생 때다. 샌프란시스코에 계시는 외할머니 댁에 엄마와 나, 동생 둘과 함께 겨울 방학 동안 3달 정도 머물렀던 적이 있었다.

사실 친척 집 방문과 여행의 목적보다는 엄마의 미국행을 위한 사전조사 개념이었다. 미국으로 출국하기 전 잠깐씩 엄마의 얼굴에서 어두운 그늘을 보기도 했던 것 같다. 아마 생때같은 삼 남매를 두고 미국으로 가야 할지도 모른다는 생각에 그랬을 것이다.

하지만 중학생 시점으로는 그렇게까지 심각한 일이 기다리고 있을 거라 예상하지 못했고, 그저 비행기를 타고 외할머니 집에 간다고 신나서 엄마를 따라나섰다. 우리 삼 남매를 맞이한 것은 엄마와 12살 정도 차이 나는 외사촌 오빠였다. 오빠의 도요타 차를 타고 진짜 미국 동네에 있던 하얀 2층 주택 외삼촌 댁에 도착했다.

방 두 칸 좁은 양평 집과는 비교도 안 되는 넓은 집이었다. 뒤뜰에는 꽃들이 가득한 작은 정원이 있었고, 앞마당에는 잔디밭이 있었다. 차고지에는 외삼촌의 검은색 벤츠가 세워져 있었다. 아무래도 외삼촌은 부자였던 것 같다. 먼 길 왔다며 반겨주는 미국 식구들의 환영에 어른들의 근심은 가려졌고, 그렇게 미국 생활이 시작되었다.

호기심 반, 즐거움 반 정도 섞인 여행자 모드를 한 지 3주 정도 지났을까? 매일 관광지를 다니다 보니 근처는 거의 다 돌았고, 할 수 있는 것이 많지 않아 무료해지기 시작했다. 여동생과 잠깐 다운타운 쇼핑센터에 가서 시간을 때웠다. 그마저도 샌프란시스코 교외에 위치한 외삼촌 집에 가는 날이면 앞마당의 꽃을 잠시 보는 것 말고는 중학생 여자아이가 딱히 재미있다고 느낄 수 있을 만한 것들이 없었다.

한 날은 동생들과 함께 아침을 먹고 운동을 할 겸 산책을 나갔다. 역시나 우리 삼 남매의 눈에 호기심을 끌 만한 일은 없었다. 그날도 겨우 20분을 때우고 집으로 돌아오다 내 눈에 들어온 것은 외삼촌 댁 1층 서재였다. 서재는 주 출입구 옆 복도 끝 1층에 햇볕이 잘 들어오지 않는 방이었다. 침실보다 멀리 있어 항상 서재 앞 침실까지만 다녔었던 까닭에 그곳이 궁금하진 않았다. 그러나 그날은 웬일인지 서재 쪽으로 발걸음이 갔다.

"삐그덕" 나무문이 열리고, 희미한 빛에 먼지가 날리는 몽환적인 분위기의 내부를 볼 수 있었다. 호기심 가득한 눈으로 천천히 내부를 훑어 나갔다. 사선의 얇은 빛이 들어오는 창문을 마주한 벽에는 나무 재질로 된 남자 어른보다 더 큰 책장이 있었고, 그 앞에는 책장과 같은 재질의 큰 책상이 있었다. 방을 채우고 있는 나무 가구들과 오래된 여러 책들에서 쿰쿰한 아몬드향이 뿜어져 나왔다. 새 책의 싱싱하면서도 비릿한 향과는 다른, 마음을 편안하게 해주는 오래된 책들의 색과 같은 누런 향을 뿜어내고 있었다. 향을 좀 더 깊게 맡고 싶어 크게 심호흡을 하고 꽂혀 있는 책들을 천천히 둘러보기 시작했다.

서재 한쪽에는 영어로 된 책들과 다소 어려워 보이는 사촌 오빠들의 전공 전문 서적들이 꽂혀 있었고, 반대편에는 한국 방문을 할 때마다 구입하거나 선물 받았던 한국 책들이 꽂혀 있었다. 거기서 제일 처음 고른 책은 『일곱 송이 수선화』라는 소설책이었다. 총 두 권으로 된 한 연인들의 절절한 사랑을 이야기한 책이었는데, 중학생이 읽기엔 좀 이른 감이 있었으나 25년이 지난 지금도 그때의 감동이 생생하게 기억나는 책이었다. 제대로 된 책을 그때 처음 읽었기에 책을 읽어나가는 속도는 지금에 비하면 엄청 느렸다. 글자 하나하나를 음미하고 머리로 상상하며 읽었던 터라 두 권을 다 읽는 데 5일 정도의 시간이 지났다.

그다음엔 진정한 부성애를 말해주던 『가시고기』를 읽었다. 얼마나 슬프던지 엉엉 울며 읽었다. 그 뒤로도 책 읽기는 계속되었다. 내가 읽을 책은 아니었지만 엄앵란 선생님의 파

란만장한 삶을 그렸던 『그래도 세상은 살만하다』, 치매 걸린 엄마를 찾아 발자취를 좇는 『엄마를 부탁해』까지. 책 속에 빠져 시간 가는 줄 몰랐다. 그렇게 한 달 좀 안 되는 기간을 친하지 않다 생각했던 책을 읽었다.

그때의 기억은 내게 독서라는 취미를 남겼다. 어느덧 성인이 된 나는 혼자라 외롭고, 무료하거나 마음이 힘들 때 중학생 때의 내가 맡았던 그 쿰쿰했던 냄새를 떠올리며 대형서점으로 향했다. 물론 그때의 편안한 향이 나는 것은 아니었지만 내 마음을 안정시켜주는 그 무엇의 에너지는 그때와 똑같은 느낌이었다. 아무 책이나 손에 닿는 대로 꺼내 읽었다. 읽다가 지겨워지면 다른 책을 꺼낸다. 너무 별로면 완전히 다른 장르의 책을 꺼내 보기도 한다. 무언가 목적을 가지고 읽지 않아도 되고, 그저 내가 보고 싶을 때까지 읽고, 쉬고 싶으면 쉬어도 되기에 책은 내게 휴식 같은 달콤함을 준다.

언젠가부터 '자기계발' 열풍이 불어닥쳤고, 나 역시도 발전하고 싶다는 생각에 다단계에 발을 들이며 그 당시 유행하던 자기계발 서적들을 읽기 시작했다. 그 전과는 다르게 전투적으로 책을 읽고 '꿈'을 위한 수단으로 계산하며 책을 보기 시작했다. 처음에는 열정에 불타올랐는데 점점 힘들어졌다. 어느 순간 편안한 '쉼'이었던 책이 불편한 '일'이 되었다. 아마도 대략 3년간은 자기계발 서적만 읽었던 것 같다. 게다가 이즈음 마음의 안식처였던 책에 거부반응이 생기기 시작했다. 관계에 지쳐 매일 술만 마시며 자기연민에 깊게 빠져 있던 때였다. 소설책을 보는 것도 멈추고 시간이 날 때 가던 서점도 가지 않았다.

남들은 다 된다는 것이 나는 왜 안 되는지 화가 났다. 그래도 다시 변화해 보겠다고, 변곡점이 오늘이 될 수도 있다며 억지로 다단계를 하며 삶의 물질적인 목표를 설정하고 그에 맞는 계획을 세워 조금씩 앞으로 나가려고 했다. 몸에 맞지 않는 옷을 입어서였을까? 조금씩 힘에 부치면서 자잘한 목표조차도 실수로 이어지면서 점점 지쳐갔다. 그때의 좌절감은 나를 까마득한 낭떠러지로 몰아넣는 듯했다. 책이라도 읽었다면 잠시 잊고 다른 세상을 탐색하거나, 나를 위로하는 말들을 찾아 나섰을 텐데 그러지 못하고 혼자만의 생각에 빠져 허우적거렸다.

순간 아등바등하며 억지 목표를 좇고 있는 내 모습이 우스꽝스러웠다.

'내가 진정 원하는 것이 뭘까? 되고 싶은 게 있는 거야? 하고 싶은 게 있는 거야?'

나에게 하는 어려운 질문이었지만 '되고 싶은가'와 '하고 싶은가' 둘 중에서 고르는 것은 쉽게 답할 수 있었다. 나는 다단계 왕이 되고 싶은 것이 아니었다. 나는 그저 행복하고 싶었다. 그것만은 정확하게 말할 수 있었다. 다만 행복이 부에서 온다고 믿었던 나의 잘못된 착각으로 빚어진 시행착오였다. 다단계를 하며 매일 겪던 실패의 경험으로 행복하지 않은 젊은 날을 보내는 내가 한심스럽게 느껴졌다. 갑자기 번뜩 모든 것을 내려놓아야겠다는 생각이 들었다. 억지로 붙들고 있던 다단계도, 그로 인해 상처받던 내 마음도 잠시 모두 내려놓았다.

순간 무거웠던 마음이 풍선처럼 가벼워지면서 내가 좋아하던 향과 에너지를 내뿜는 서점으로 뛰어가듯 발걸음을 향했다. 소소한 행복을 이야기하는 책, 나의 상처를 만져주는 책, 프랑스 작가의 소설, 영국 작가의 로맨스 소설, 일본 작가의 추리소설 등등 장르 불문의 책들을 서점 구석에 앉아 보이는 대로 마구 읽었다. 이런 것이 내가 생각하는 행복이었는데 왜 나는 소소한 행복을 행복이라 보지 못하고 멀리 돌아가려 했을까? 나도 누군가에게 이런 쉼을 줄 수 있는 작가가 될 수 있을까? 나도 모르게 말도 안 된다는 듯이 피식 웃음이 나오던 그때. 26살 때의 일이다.

미국에서 돌아온 중학생의 나는 공책에 소설을 쓰기 시작했다. 당시 팬픽이 유행이었는데 나도 보이그룹의 이름만 빌려 로맨스 소설을 공책에 정성스레 써 내려갔다. 친구들은 내 가 쓴 글이 재미있었는지 내 소설의 다음 연재를 기다려 가며 읽어 주었다. 읽어 주는 사람들이 있다는 것은 글을 쓰는 데 힘이 되었다. 친구들의 기대에 부흥하기 위해 더 열심히 썼다. 아쉽게도 고등학생이 되면서 그 공책의 존재는 기억과 함께 사라졌다.

38살이 돼서야 그때처럼 다시 소설가를 꿈꿔본다. 누군가에게 위로가 되고, 설렘이 되는 그런 책을 쓰고 싶어졌다. 새로운 삶의 목표가 아지랑이처럼 피어오르던 순간이다.

38살, 오늘을 나답게 살아갑니다

나의 인간관계는 잔잔한 파도에도 쉽게 흩어져 버리는 견고하지 못한 모래성 같았다. 늘 상대가 내 손을 놓지는 않을까, 내가 놓쳐버리지는 않을까 노심초사하며 불안해했다. 내가 원하던 것은 큰 것이 아니었는데. 그저 '안정'을 원했을 뿐인데 안정을 얻으려고 하면 할수록 더 불안정해졌다. 남들은 다 행복해 보이고 쉽게 사는 것 같은데 나는 왜 이렇게 어려운 것일까? 10평 남짓 좁은 방에서 울기도 많이 울었다. 매일 술을 마시며 오지 않는 잠을 억지로 청해 봤지만 내 바람과는 달리 깊게 잠들지 못해 항상 무기력하고 피곤한 악순환의 생활을 했다.

27살 문턱을 넘을 즈음 서울에서 맺은 모든 관계의 실망감이 이제는 그만하고 쉬라고 속삭이는 것 같았다. 그렇게 나는 겉으로는 홀가분해 보였지만 사실은 혼자인 게 두려워 도망치듯 통영으로 시집을 왔다. 내 인생의 커다란 변곡점이 된, 어쩌면 그때까지 산 내 인생 중 가장 옳은 선택이었다.

통영에서 새로 시작하는 나의 생활은 대부분 순탄했다. 나와 남편이 만든 가족과 나를 진정으로 아끼는 시댁 식구들을 만나 안정감을 얻고 행복한 삶을 누리고 있다. 내가 그토록 바라던 소소한 행복이 매일 있는 삶이었다. 이런 행복으로 내면에 탄탄한 근력이 다져지니 마음에 여유가 생겼고, 애증의 관계였던 친정 아빠를 이해하며 진정으로 걱정하고 아낄 수 있게 되었다. 그리고 10년이 지나 지금 38살의 나는 작가의 꿈을 꾸게 되었다.

이 책을 쓰기로 마음먹었을 때 자신감이 부족해 누군가에게는 공표해서 꼭 해내는 모습을 보여주고 싶었다. 나 스스로 포기하지 않는 핑계를 만들고 싶었던 것이다. 가족보다는 멀고, 동료보다는 가까운 사람들 중 자주 만나지 않아도 서로를 응원하는 수진에게 털어놓기로 했다.

햇볕 좋은 창가에 앉아 커피를 마시며 핸드폰을 들었다. 짧은 통화음 끝에 반가운 수진이의 목소리가 들려왔다.

"언니, 잘 지내요?"

윤정이처럼 내가 먼저 전화했는데 받자마자 나의 안부를 묻는다. '피식' 나도 모르게 입꼬리가 올라갔다.

"내가 먼저 전화했거든. 제발 먼저 한 것처럼 인사하지 말아줄래?"

장난 섞인 인사로 서로의 안부를 물었다. 수진에게 그동안 있었던 여러 일에 대해 기다렸다는 듯이 속사포처럼 쏟아냈다. 치과 얘기, 가족 얘기, 전 동료 얘기를 하며 나의 진짜 얘기는 후순위로 미루고 있었다. 그러다 잠시 커피 한 모금 마시며 천천히 타이밍을 보려 대화 속 공백을 만들었을 때 수진이가 나지막이 말했다.

"몇 달 만의 대화 속에서 언니의 여유가 느껴져요. 요즘 뭐 해요?"

귀신 같은 녀석. 이래서 내가 수진이를 좋아한다. 수줍고 부끄러웠지만 애써 자신 있는 말투로 내가 쓰고 싶은 글에 대한 나의 꿈을 말했다.

"언니는 정말 해낼 것 같아요."

수진이의 상기된 목소리로 나에 대한 기대를 듬뿍 담은 응원의 말이 돌아왔다. 그녀의 대답과 함께 내 꿈의 수레바퀴는 조금씩 굴러가기 시작했다.

그동안 남들에게 호구 잡히지 않으려 일부러 시니컬하게 굴었다. 그렇게 상처받지 않으려 방어적인 태도를 한동안 유지하던 나는 스스로 많이 지쳐 갔다. 사실 누구보다 사랑받고 싶었는데 생각했던 것과는 달리 미움을 더 많이 받았던 것 같다.

이제, 더는 남들이 나에 대해 어떤 생각을 갖고 있는지 머릿속으로 계산하고 예민하게 촉각을 곤두세우지 않을 것이다. 더 이상은 그렇게 시간 낭비하고 싶지 않다. 나를 사랑하고 응원하는 사람들과 통화할 시간조차 부족한데 부정적인 생각을 하느라 나를 좀먹고 싶지 않다. 그저 내 곁을 스쳐 지나갈 뿐인 사람들까지 신경 쓰며 그들의 반응을 살피는 시간이 아까워졌을 뿐이다. 그 시간 동안 내가 사랑하는 사람을 더 살피고 그들의 마음을 어루만지고 싶다.

아이러니하게도 넓은 인간관계를 좋아하지 않는 성격임에도 불구하고 나의 글에는 수많은 사람들의 사례가 등장한다. 마음을 내어준 사람에게 늘 진심을 다하는 성격 탓인 걸까? 고맙게도 그들의 말들은 나에게 선한 영향력을 주었고, 나 역시도 타인에게 힘이 되는 말을 건넬 수 있는 너그러운 마음을 가지게 되었다.

예전의 신경질적인 태도와 예민한 생각을 버리고 유하게 긴장을 풀고 나니 첨벙대던 마음의 파도는 곧 잔잔해졌고 내면 깊은 곳에 숨어 가라앉아 있던 꿈이 스멀스멀 올라왔다. 한동안 잊고 살았던, 하지만 끝끝내 잊지 못했던 작가라는 꿈을 이제 수면 위로 슬며시 올려본다.

자, 이제 시작이다.

38살, 봄 통영에서.